DU MÊME AUTEUR

Aux Éditions Gallimard

CHÂTEAUX DE LA COLÈRE

SOIE

NOVECENTO : PIANISTE, Un monologue

OCÉAN MER

L'ÂME DE HEGEL ET LES VACHES DU WISCONSIN

CONSTELLATIONS, Mozart, Rossini, Benjamin, Adorno

CITY

SANS SANG

HOMÈRE, ILIADE

CETTE HISTOIRE-LÀ

EMMAÜS

Mr GWYN

LES BARBARES, Essai sur la mutation

Aux Éditions Albin Michel

NEXT

Du monde entier

ALESSANDRO BARICCO

TROIS FOIS DÈS L'AUBE

Traduit de l'italien par Lise Caillat

nrf

GALLIMARD

Titre original :

TRE VOLTE ALL'ALBA

NOTE

Dans le dernier roman que j'ai écrit, Mr Gwyn, *il est question, à un moment donné, d'un petit livre écrit par un Anglo-Indien, Akash Narayan, et intitulé* Trois fois dès l'aube. *Il s'agit naturellement d'un livre imaginaire mais, dans les événements imaginaires qui l'entourent, il joue un rôle tout sauf secondaire.*

Le fait est qu'en écrivant ces pages l'envie m'est venue d'écrire aussi ce petit livre, un peu pour offrir un discret et lointain prolongement à Mr Gwyn *et un peu pour le pur plaisir de suivre une idée que j'avais en tête. Ainsi,* Mr Gwyn *terminé, je me suis mis à écrire* Trois fois dès l'aube, *chose qui m'a beaucoup amusé.*

Aujourd'hui Trois fois dès l'aube *est dans les librairies et il n'est sans doute pas inutile de préciser que tout le monde peut le lire, même ceux qui n'ont jamais eu dans les mains* Mr Gwyn, *parce qu'il s'agit d'un récit complet et autonome. Il n'en demeure pas moins que, dans sa première partie, il s'en tient à ce que promettait* Mr Gwyn, *à savoir un regard supplémentaire sur l'étrange histoire de Jasper Gwyn et de son talent singulier.*

Janvier 2012,
ALESSANDRO BARICCO

À Catherine de Médicis
et au génie de Camden Town.

Ces pages racontent une histoire vraisemblable qui, toutefois, ne pourrait jamais se produire dans la réalité. Elles décrivent en effet deux personnages qui se rencontrent à trois reprises, mais chaque rencontre est à la fois l'unique, la première, et la dernière. Ils peuvent le faire parce qu'ils vivent dans un Temps anormal qu'il serait vain de chercher dans l'expérience quotidienne. Un temps qui existe parfois dans les récits, et c'est là un de leurs privilèges.

UNE

C'était un hôtel, d'un charme un peu suranné qui avait su probablement, par le passé, tenir certaines promesses de luxe et de raffinement. Par exemple, il avait une belle porte à tambour en bois, un détail toujours propice aux fantasmes.

C'est par là qu'une femme entra, à cette heure étrange de la nuit, apparemment perdue dans ses pensées, à peine descendue d'un taxi. Elle portait juste une robe du soir jaune, plutôt décolletée, sans l'ombre d'un châle sur les épaules : cela lui donnait l'air intrigant de ceux à qui il est arrivé quelque chose. Il y avait une élégance dans ses mouvements, mais on aurait dit aussi une comédienne regagnant les coulisses, libérée de la contrainte du jeu et renouant avec une partie d'elle-même, plus sincère. Ainsi elle avait une manière précise de poser ses pas, un peu fatiguée, et de tenir son minuscule sac à main, prête à le lâcher.

Elle n'était plus très jeune, mais ça lui allait bien, c'est le cas parfois des femmes qui n'ont jamais douté de leur beauté.

Dehors, régnait cette obscurité qui précède l'aube, ni la nuit ni le matin. Le hall de l'hôtel demeurait immobile, raffiné dans ses détails, propre, feutré : paré de couleurs chaudes, silencieux, bien agencé, constellé de reflets, murs hauts, plafond clair, des livres sur les tables, des coussins rebondis sur les canapés, des tableaux encadrés avec soin, un piano dans un coin, quelques indications nécessaires dans une typographie jamais laissée au hasard, une pendule, un baromètre, un buste en marbre, des rideaux aux fenêtres, des tapis sur le sol – un soupçon de parfum.

Comme le concierge dormait dans une petite pièce voisine d'un sommeil très léger dont il avait le secret, sa veste abandonnée sur le dossier d'une modeste chaise, personne n'aurait pu voir la femme entrer dans l'hôtel s'il n'y avait eu un homme calé au fond d'un fauteuil, dans un recoin du hall – guère raisonnable, à cette heure de la nuit –, qui la vit, et croisa alors sa jambe gauche sur sa jambe droite, tandis qu'avant la droite était posée sur la gauche – sans raison. Ils se regardèrent.

Il a fait mine de pleuvoir, mais finalement non, dit la femme.

Oui, le ciel est indécis, dit l'homme.

Vous attendez quelqu'un ?

Moi ? Non.

Quelle fatigue. Cela vous ennuie si je m'assieds un instant ?

Je vous en prie.

Rien à boire, à ce que je vois.

Je ne crois pas qu'ils servent le petit déjeuner avant sept heures.

De l'alcool, je voulais dire.

Ah, d'accord. Je ne sais pas. Je ne crois pas, à cette heure-ci.

Quelle heure est-il ?

Quatre heures douze.

Sérieusement ?

Oui.

Cette fichue nuit n'en finit pas. J'ai l'impression qu'elle a commencé il y a trois ans. Que faites-vous ici, vous ?

J'allais partir. Je dois aller travailler.

À cette heure-ci ?

Eh oui.

Comment faites-vous ?

Ça va, ça me plaît.

Ça vous plaît.

Oui.

Incroyable.

Vous trouvez ?

Vous semblez être la première personne

intéressante que je rencontre ce soir. Cette nuit. Je ne sais plus ce qu'il faut dire.

Je n'ose imaginer comment étaient les autres.

Terrifiantes.

Vous étiez à une fête ?

Je crois que je ne me sens pas très bien.

J'appelle le concierge.

Non, par pitié.

Vous feriez peut-être mieux de vous allonger.

Je retire mes chaussures, cela ne vous ennuie pas ?

Pensez-vous…

Dites-moi quelque chose, n'importe quoi. Quand je me distrais, ça passe.

Je ne sais pas trop quoi…

Parlez-moi de votre travail.

Ce n'est pas très captivant comme sujet…

Essayez.

Je vends des balances.

Continuez.

On pèse un tas de choses, et il est important de les peser avec exactitude, ainsi je possède une petite usine qui produit des balances, de toutes sortes. J'ai onze brevets, et… Je vais chercher le concierge.

Non, je vous en prie, ce type me déteste.

Restez allongée.

Si je reste allongée je vais vomir.

Alors debout. Enfin, je veux dire…

On gagne bien sa vie en vendant des balances ?

À mon avis, vous devriez…

On gagne bien sa vie en vendant des balances ?

Pas très bien.

Continuez, ne vous occupez pas de moi.

Je vais vraiment devoir vous laisser.

Soyez gentil, parlez-moi encore un petit peu. Après je vous laisse partir.

C'était assez rentable, il y a encore quelques années. Aujourd'hui je ne sais pas ce qui se passe, si je me suis trompé quelque part, toujours est-il que je ne vends plus rien. J'ai pensé que c'était à cause de mes commerciaux, alors je me suis mis à faire les tournées moi-même, pour vendre, mais il est clair que mes produits ne marchent plus, ils ont peut-être vieilli, je ne sais pas, ou ils coûtent trop cher, en général ils sont assez coûteux, parce que tout est fait à la main, vous n'avez pas idée de ce que signifie atteindre l'exactitude absolue, quand on doit peser quelque chose.

Peser quoi ? Des pommes, des personnes, quoi ?

Tout. Nous faisons tout, des balances d'orfèvre aux balances pour conteneurs.

Sérieusement ?

C'est pour ça qu'il faut que j'y aille, aujourd'hui je dois signer un contrat important, je ne peux vraiment pas arriver en retard, il en va de mon usine, si je n'arrive pas à conclure cette… Nom d'un chien !

Merde.

Je vous accompagne aux toilettes.

Attendez, attendez.

Oh non !…

Merde.

Je vais vous chercher un peu d'eau.

Désolée, vraiment, désolée.

Je vais vous chercher un peu d'eau.

Non, restez là, s'il vous plaît.

Tenez, essuyez-vous avec ça.

J'ai honte.

Ne vous en faites pas, j'ai des enfants.

Quel rapport ?

Les enfants vomissent souvent. Les miens, en tout cas.

Ah, pardon.

Du coup ça ne m'impressionne pas. Cependant maintenant il vaudrait mieux que vous montiez dans votre chambre.

Je ne peux pas laisser ça comme ça…

J'irai chercher le concierge après, montez dans votre chambre. Vous avez une chambre, n'est-ce pas ?

Oui.

Alors allez-y. Je m'occupe du reste.

Je ne suis pas sûre de me souvenir du numéro.

Le concierge vous le donnera.

JE NE VEUX PAS VOIR LE CONCIERGE, ce type me déteste, je vous l'ai dit. Vous n'avez pas une chambre, vous ?

Moi ?

Oui.

Je viens de la quitter.

Conduisez-moi à votre chambre, s'il vous plaît.

Je vous ai dit que je venais de la quitter.

Eh bien quoi, vous y avez mis le feu ? elle existe toujours, non ?

Oui, mais…

Accordez-moi cette dernière faveur, accompagnez-moi là-haut, ensuite j'arrête de vous ennuyer.

Il va falloir que je redemande la clé.

Cela vous semble si insurmontable ?

Non, bien sûr.

Alors faites-le, s'il vous plaît.

Si vraiment… Je veux dire…

Ce serait tellement gentil.

D'accord, c'est bon, venez.

Mes chaussures.

Oui, vos chaussures.

C'est à quel étage ?

Au deuxième. Prenons l'ascenseur.

Cela m'ennuie de laisser ça comme ça…

Ne vous inquiétez pas.

Je me sens un peu mieux maintenant, vous savez ?

Bien. Mais vous avez besoin de vous reposer. Venez…

Je n'ai rien oublié ?

Venez.

Quel fichu parfum ont-ils mis dans cet ascenseur ?

Muguet et santal.

Comment le savez-vous ?

C'est ma passion. Les parfums.

Vraiment ?

Oui.

La journée vous vendez des balances et le soir, après dîner, vous jouez au parfumeur ?

Plus ou moins.

Vous créez vos parfums ?

J'ai essayé. Ce n'est pas facile. J'étudie ceux des autres.

Vous devriez créer les vôtres.

Voilà, nous sommes arrivés.

Vous êtes quelqu'un d'étrange.

C'est possible. Par ici.

La clé vous l'avez prise, n'est-ce pas ?

Oui.

Désolée. J'ai toujours tendance à penser que les gens sont aussi bordéliques que moi.

Il n'y a pas de mal.

Mais quelqu'un qui fabrique des balances peut difficilement être bordélique, non ?

Disons que c'est peu probable.

Bien sûr.

Je vous en prie, entrez.

Oh là là, quelle chambre magnifique !

Elles sont toutes pareilles, à vrai dire.

Comment pouvez-vous en être sûr ?

Je fréquente cet hôtel depuis seize ans. La salle de bains est de ce côté. Je vous laisse la clé là, et je me charge de tout expliquer au concierge. Maintenant je dois vraiment y aller.

Vous partez ?

Oui, je pars. Vous n'avez jamais eu de chambre ici, n'est-ce pas ?

Pardon ?

Vous êtes entrée et vous avez dit « Quelle chambre magnifique », or si vous aviez réellement une chambre dans cet hôtel vous auriez constaté que celle-ci était identique à la vôtre. Elles sont toutes pareilles.

Vous avez aussi la passion des enquêtes policières ?

Non. J'ai le souci du détail. Je fabrique des

balances. Vous êtes entrée dans cet hôtel mais vous n'y avez jamais eu de chambre.

Vous ne deviez pas partir ?

Si, bien sûr. Je tiens juste à m'assurer que…

Je suis entrée parce que j'aime les halls des hôtels, la nuit. Et celui-ci est très beau, vous ne trouvez pas ? Ni trop, ni trop peu. J'y suis déjà venue plusieurs fois, c'est pour ça que le concierge me déteste.

Et si vous ne m'aviez pas rencontré ?

J'ai vraiment besoin de me rafraîchir. Auriez-vous une brosse à dents et du dentifrice ?

Maintenant je suis vraiment en retard…

Je sais, prêtez-moi juste votre brosse à dents, qu'est-ce que cela vous coûte ?

MA BROSSE À DENTS ?

Du calme, vous n'avez jamais prêté votre brosse à dents ?

Pas à quelqu'un qui venait de vomir !

Ah, c'est pour ça.

Oui, c'est pour ça.

Bon, vous me la prêtez ou pas ?

Vous pourrez la garder après, le dentifrice aussi. Voilà. Ne mettez pas trop de désordre, s'il vous plaît, dormez un peu et ensuite remettez tout en ordre. Je dois y revenir, moi, dans cet hôtel. Je vous dis au revoir.

Chouette, un dentifrice à la noix.

Il n'est pas à la noix.

C'est écrit, Noix.

C'est la marque. Le goût est écrit en petit, dessous.

Mais quelle idiote. Et vous, que faisiez-vous dans le hall ?

Pardon ?

Que faisiez-vous en bas, tout seul, dans un fauteuil à quatre heures du matin ? Si vous étiez si pressé, pourquoi restiez-vous assis là ?

Je n'étais pas pressé tout à l'heure, *maintenant* je le suis.

Bien, peu importe, vous étiez assis dans le hall et à quoi pensiez-vous ? Ça vous ennuie si je me lave les dents pendant que vous me racontez ?

Je n'ai pas l'intention de vous raconter quoi que ce soit.

Pourquoi ?

Je ne vous connais même pas.

Ah, c'est pour ça.

Oui, c'est pour ça.

On dirait que personne n'a jamais mis les pieds dans cette salle de bains. Ce n'est pas possible, vous repliez vos serviettes au carré après les avoir utilisées ? Dans un hôtel ? Je vous signale qu'il y a des gens qui sont payés pour le faire.

Je ne…

Vous refaites votre lit aussi ?

Je pense que ce sont mes affaires.

D'accord, d'accord. Il est bon ce dentifrice. Quel goût, framboise ?

Groseille, avec une pointe d'anis.

Mmm… Agréable.

Il existe aussi sans anis, mais c'est beaucoup moins bon.

Impardonnable.

Je ne les ai pas repliées, les serviettes. Je ne les ai pas utilisées. Je n'ai rien fait. Je n'arrivais pas à dormir. Je suis resté toute la nuit assis sur cette chaise, avec la lumière tamisée. Puis à quatre heures, je suis descendu. Maintenant je dois vraiment y aller. Heureux d'avoir fait votre connaissance. Libérez la chambre avant dix heures, s'il vous plaît. Au revoir.

Bon sang qu'est-ce que vous faites ? Hé ! Revenez ! Je vous parle, en voilà des manières de se comporter avec…

Ne criez pas, vous allez réveiller tout le monde.

Alors revenez !

Pas de scène dans le couloir, je vous en prie.

Très bien, allons dans l'ascenseur.

Vous êtes pieds nus, la bouche pleine de dentifrice, et en bas il y a un concierge qui ne serait pas ravi de vous voir dans cet état.

Si vous voulez savoir, vous avez plein de vomi sur les chaussures.

Non !

Venez, je vais vous les nettoyer.

Oh non, non !

Ne criez pas comme ça, vous allez réveiller tout le monde.

Mais regardez-moi ça…

Bon, du calme, je vais fermer la porte. Retirez-moi ces chaussures. Pas comme ça !

Je dois défaire les lacets en plus !

Je m'en occupe, asseyez-vous là. Vous avez passé toute la nuit sur cette chaise, alors une minute de plus ou de moins…

Très amusant.

Mon Dieu, c'est dégoûtant…

Laissez, je vous en prie.

Pas question, j'ai vomi je nettoie. Voilà, c'est fait.

Où les emportez-vous ?

Un bon coup d'eau là-dessus…

NON, PAS SOUS L'EAU !

Pourquoi ? c'est efficace pourtant.

JE DOIS LES METTRE, CES CHAUSSURES, non mais comment voulez-vous…

Vous pouvez répondre ?

Quoi ?

Au téléphone, le téléphone sonne.

Bon sang qui peut bien…

Répondez.

Mais je ne suis plus dans cette chambre, enfin…

Vous voulez que je réponde ?

Non !

Regardez comme elles sont propres. Maintenant un coup de sèche-cheveux…

Allô ?… Oui, c'est moi… Non, j'ai eu un contretemps, je suis remonté un instant dans ma chambre… Ah, ça, oui… Je me suis senti mal… Non, ça va beaucoup mieux, désolé pour le tapis… S'il y a quelque chose à payer… Non, j'insiste… Je vais descendre… Non, vraiment, je n'ai besoin de rien… Je descends, tout de suite… Oui, merci, c'est très gentil… Merci.

C'était qui ?

Je dois partir, tout de suite.

C'était qui ?

Le concierge. Où sont mes chaussures ?

Je le déteste cet homme.

Donnez-moi ces chaussures.

Pas question. Asseyez-vous là une minute, le temps que je finisse de les sécher.

JE DOIS PARTIR. MAINTENANT !

En voilà des manières ! si vous les voulez, vous n'avez qu'à les prendre, après tout.

J'ai dit au concierge que c'était moi, en bas, qui… Alors faites-moi juste le plaisir de vous en aller discrètement. Zut, elles sont trempées…

Pourquoi vous ne laissez pas tomber ?

C'est ça, je vais sortir pieds nus, bonne idée.

Je veux dire, pourquoi vous ne laissez pas tout tomber, le contrat, les balances, tout.

Mais qu'est-ce que vous me chantez là ?

Quel âge avez-vous ?

Moi ?

Oui, vous.

Quarante-deux.

Vous voyez, vous êtes assez jeune pour tout laisser tomber.

Mais qu'est-ce que vous racontez ?

Ne me dites pas que vous n'y avez jamais pensé. Tout laisser tomber pour recommencer à zéro. Ce serait pas mal, non ?

Vous êtes folle.

Mais la femme dit que beaucoup de gens rêvent de recommencer à zéro, et elle ajouta qu'il y avait là-dedans quelque chose d'émouvant, non de *fou*. Elle dit que presque personne, en réalité, ne recommence vraiment à zéro, mais qu'on n'a pas idée du temps que les gens consacrent à ce fantasme, souvent alors même qu'ils sont noyés dans leurs problèmes, et dans la vie qu'ils voudraient laisser tomber. Elle avait eu jadis un enfant et se souvenait distinctement de l'angoisse qui la prenait, par moments, quand elle restait seule avec lui, tout petit, et alors l'unique remède était d'envisager sérieusement de laisser tomber, pour recommencer à zéro. Elle réfléchissait à l'endroit où elle allait l'abandonner, son enfant, et savait déjà comment elle se coifferait et où elle irait chercher du travail, pour recommencer. Une chose qui la faisait immédiatement se sentir mieux était de penser aux soirées qu'elle passerait alors, et à ses nuits. Elle passerait de longues soirées à manger sur son canapé, d'autres fois elle sortirait et coucherait avec un homme, elle le ferait avec beaucoup d'assurance, quittant ensuite le lit et rassemblant ses affaires, incapable de remords. Elle dit que le seul fait de penser à tout cela dénouait quelque chose en elle et lui procurait un sentiment de sérénité, comme si elle avait véritablement résolu un problème. Elle devenait alors très douce avec son enfant, et soudainement lumineuse, et mère. L'enfant le remarquait, le sentait, comme un petit animal, et ainsi bercé ses mouvements devenaient plus lents, son regard plus curieux. Tout semblait aller beaucoup mieux, comme par enchantement. Elle ajouta qu'elle avait dix-sept ans, à l'époque. Tandis qu'elle racontait cela, la femme avait quitté sa robe du soir, en défaisant d'abord la fermeture éclair dans son dos, puis en la laissant tomber après avoir un rien dégagé ses épaules. Comme la robe était en soie, elle avait glissé sur le sol en formant un petit ballot luisant et léger dont la femme se libéra d'un pas minuscule, un pied puis l'autre. Bien qu'elle se retrouvât en slip et soutien-gorge, elle poursuivit son histoire sans donner d'importance à la chose, et sans trahir d'intention autre que celle d'accomplir un geste qu'elle avait décidé de faire. Elle ramassa le ballot de soie – et tout en racontant comment, des années plus tard, elle s'était effectivement séparée de cet enfant –, elle le posa sur une chaise et s'approcha du lit. Sans cesser de parler elle replia le couvre-lit rouge et alors l'homme fit une petite grimace, comme si quelque chose l'avait piqué. Mais elle n'y prêta pas attention, ôta une barrette perdue dans ses cheveux et se glissa sous les draps, car c'était sans doute la chose à laquelle elle avait pensé, avec un vif désir, dès l'instant où elle était entrée dans cette chambre, probablement pour trouver une forme de refuge, ou de douceur, enfantine. Elle dégrafa son soutien-gorge, le jeta dans un angle de la pièce, arrangea son oreiller puis tira le drap sur elle, jusqu'au menton. Elle racontait ce qui lui était arrivé une fois, dans une sorte d'agence de placement, et qu'aujourd'hui encore elle n'arrivait pas à croire. Cela avait quelque chose à voir avec le fait de recommencer à zéro. Elle espérait que l'homme le comprenne, mais ce n'était pas facile de se faire une idée là-dessus parce qu'il écoutait impassible, toujours debout, la main serrée sur la poignée d'une petite valise. Les deux pieds dans ses chaussures mouillées. Il les bougeait de temps en temps, incommodé. Au bout d'un moment il demanda à la femme comment on pouvait avoir un enfant à dix-sept ans. Enfin, si elle avait choisi de l'avoir ou si c'était simplement arrivé comme ça. La femme haussa les épaules. Ce n'est pas une belle histoire, dit-elle, et il y a bien longtemps que j'ai décidé de ne plus y penser. Cela ne doit pas être très facile, de l'oublier, observa l'homme. À nouveau la femme haussa les épaules. J'ai tourné la page, dit-elle. L'homme resta un peu à la regarder puis lui demanda si elle avait pu repartir à zéro, comme elle en rêvait, avec son enfant dans les bras. Oui, répondit la femme, et savez-vous ce que j'ai compris ? L'homme ne répondit point. J'ai compris qu'on ne change jamais vraiment, il n'y a pas moyen de changer, toute la vie on reste tel qu'on était petit, ce n'est pas pour changer qu'on recommence à zéro. C'est pour quoi, alors ? demanda l'homme. La femme garda brièvement le silence. Elle ne s'était pas aperçue que le drap avait glissé, découvrant sa poitrine, ou bien ça lui était égal. C'était sans doute ce qu'elle voulait. On recommence à zéro pour changer de partie, dit-elle. On a toujours cette idée qu'on est tombé à la mauvaise table. Elle avait laissé son enfant à sa mère et avait refait sa vie dans une autre ville, avec un autre métier, une autre façon de s'habiller. Sans doute voulait-elle aussi laisser derrière elle deux ou trois choses difficiles à remettre en ordre. Elle ne se souvenait plus très bien. Mais pour sûr, elle en avait marre de perdre. Comme je vous l'ai dit, ajouta-t-elle, changer de cartes est impossible, on ne peut que changer de table de jeu.

Vous avez trouvé la vôtre ? demanda l'homme.

Oui, répondit la femme sans hésitation, c'est une table ignoble, avec de l'argent sale, des gens qui trichent et ne valent rien.

Merveilleux…

Je n'ai pas intérêt à faire la difficile, avec les cartes que j'ai en main.

C'est-à-dire ?

Je suis imprécise, peu intelligente, trop méchante. Et je ne suis jamais allée au bout d'aucune chose dans ma vie. Cela vous suffit ?

Qu'entendez-vous par méchante ?

Cela m'est égal de voir souffrir les gens. Parfois même j'aime bien ça. Asseyez-vous, vous me fatiguez là debout, s'il vous plaît.

Maintenant je dois vraiment y aller.

Sur le lit. Asseyez-vous sur le lit. Vous pouvez rester là, au bout, si ça vous ennuie de vous approcher.

Ça ne m'ennuie pas, c'est que je dois y aller.

Voilà, bravo.

Pas longtemps, après je dois vraiment y aller. Expliquez-moi juste comment vous allez faire pour sortir d'ici, demain.

Pardon ?

Demain matin, si on vous voit.

Qu'est-ce que j'en sais. J'inventerai quelque chose. Je dirai que vous m'avez entraînée jusqu'ici hier soir et que ce matin vous avez disparu en emportant mon portefeuille. Un truc dans ce genre.

C'est très gentil de votre part.

Pensez-vous.

En réalité, vous n'imaginez pas à quel point cela m'importe peu.

Sérieusement ?

Sérieusement.

Alors, vous faites semblant ?

Semblant de quoi ?

D'être quelqu'un qui s'attache à ce qu'on pense de lui dans un hôtel. Un de ces imbéciles.

Non, je le suis vraiment. C'est que maintenant il est tard.

Ne le prenez pas comme ça, je plaisantais, je ne vous mettrai pas dans le pétrin, on ne me verra pas sortir ; s'il y a une chose que je sais faire, c'est quitter un hôtel sans que personne s'en aperçoive, croyez-moi. Je plaisantais.

Ce n'est pas ça.

Quoi alors ?

Rien. C'est que maintenant il est tard.

Tard pour quoi ?

Laissez tomber.

C'est si important ce fichu contrat ?

J'aurais dû partir plus tôt. Sauf que je n'arrivais pas à décoller de ce fauteuil.

Peut-être que vous n'en aviez pas envie.

Possible. Mais ce serait incroyablement illogique pour quelqu'un comme moi.

Vous ne faites jamais des choses illogiques ?

Non.

Jamais d'erreurs ?

Plein, mais jamais illogiques.

Il y a une différence ?

Évidemment.

Donnez-moi un exemple.

J'en aurais un parfait, assez récent, mais croyez-moi, ce n'est pas le moment d'en parler.

Vous avez souri.

Pardon ?

C'est la première fois que vous souriez, depuis que nous avons fait connaissance. Vous avez un beau sourire, vous savez ?

Merci.

Vous devriez le faire plus souvent, sourire j'entends, cela vous donne ce petit air mélancolique qui plaît aux femmes.

Ça alors, vous me draguez ?

Hé là, hé là !

Excusez-moi, c'était une boutade.

Une boutade. J'ose espérer que vous pouvez faire mieux.

Oui, je peux faire mieux, mais pas cette nuit, désolé.

Qu'est-ce qui ne va pas cette nuit ?

C'est une mauvaise nuit.

Vous êtes là, avec une femme nue dans votre lit, en train de bavarder, qu'est-ce qu'il y a qui ne va pas, en dehors de l'absence déplorable d'alcool, je veux dire.

Si vous voulez, il doit y avoir un minibar quelque part.

Comment ça « il doit y avoir », vous venez

depuis seize ans dans cet hôtel et vous ne savez pas où se trouve le minibar ?

Non.

Vous êtes fou.

Je ne bois pas beaucoup.

Un peu d'eau, vous n'avez jamais eu envie de boire ne serait-ce qu'un peu d'eau ?

D'habitude j'en apporte avec moi.

Mon Dieu, vous êtes fou. Faites-moi le plaisir de trouver ce fichu minibar. En général il est sous le téléviseur.

En effet, cela semble être l'emplacement le plus logique.

L'emplacement le plus logique serait à côté du lit.

Faux. Le bruit vous empêcherait de dormir.

Mais l'alcool m'aiderait.

Bière ?

Bière ? Il n'y a rien d'autre ?

Rien contenant de l'alcool.

Quel hôtel minable. Il n'y aurait pas des pop-corn ? Je raffole des pop-corn...

Non, rien à manger.

Minable. Bon, on va se contenter d'une bière. Prenez-en une vous aussi.

Mais l'homme dit qu'il préférait ne pas boire, il avait réussi à tenir toute la nuit, et il ne voulait pas craquer maintenant. Il dit qu'il avait besoin de rester lucide. Alors il se dirigea vers le lit et, en traversant la pièce, il remarqua la lumière qui filtrait à travers les rideaux. Il revint sur ses pas et chercha d'une main le cordon pour les ouvrir, se rappelant que systématiquement, et pour des raisons incompréhensibles, on tirait toujours le mauvais, celui qui ouvre quand on veut fermer, et inversement. Il le dit à la femme, avec tout l'esprit dont il était capable, et pendant ce temps il parvint à entrouvrir les rideaux. C'était l'aube. Il regarda le ciel au loin gagné par une lumière ambiguë et ne fut plus sûr de rien. La femme demanda s'il attendait qu'elle soit chaude, cette bière, alors il la lui apporta. Asseyez-vous, dit la femme, avec douceur cette fois. Un instant, dit l'homme, et il retourna devant la fenêtre. Cette lumière. Il crut y voir une invitation, mais il avait du mal à comprendre si elle s'adressait à lui aussi. Il regarda sa montre comme s'il y avait quelques probabilités de trouver là une réponse et n'en retira rien d'utile, à part la vague impression que c'était une mauvaise heure pour un tas de choses. Peut-être qu'il devait y croire encore, sortir de cette chambre, monter dans sa voiture et filer sur l'autoroute en appuyant sur l'accélérateur. Peut-être qu'il valait mieux se glisser dans ce lit pour voir si le corps de la femme était vraiment aussi désirable qu'il en avait l'air. Mais ça, il le pensa comme si c'était l'idée d'un autre, pas la sienne. Il entendit le claquement d'une canette qu'on décapsule puis la voix de la femme qui lui demandait s'il avait toujours été aussi... Aussi quoi ? Aussi ordonné, précisa la femme. L'homme sourit. Puis il dit Non. Alors la femme voulut savoir quand il avait commencé à l'être, s'il se le rappelait, et c'est pour cette raison que lui, sans s'éloigner de la fenêtre, expliqua qu'il se le rappelait très bien, il avait treize ans et tout s'était passé en une nuit. Il dit qu'alors, tout s'était brisé. Devant sa maison qui brûlait, cette nuit-là, tout s'était brisé, devant ces flammes insensées. J'avais treize ans, répéta-t-il. Après j'ai rencontré un homme qui m'a appris à mettre les choses en ordre, et depuis je n'ai jamais cessé de penser que nous n'avons pas d'autre devoir que celui-là. Il y a toujours une maison à reconstruire, ajouta-t-il, et c'est un long travail, qui demande beaucoup de patience. La femme lui demanda encore une fois de venir s'asseoir sur le lit mais il ne répondit pas et, comme happé par ses pensées, il raconta que son père tous les soirs écoutait la radio en descendant une bouteille de vin, tous les soirs jusqu'à la fin. Il s'asseyait à son bureau, posait son revolver devant lui, et la bouteille à côté. Il buvait au goulot, lentement, et il n'était pas question de le déranger, pendant qu'il faisait ça, sous aucun prétexte. Son revolver, il ne le touchait jamais. Il aimait le voir posé là, c'est tout. Il dit que même cette nuit-là tout s'était déroulé exactement ainsi, la nuit où les flammes avaient tout emporté. Puis il demanda à la femme si une maison, elle en avait une.

Quatre murs et un lit ? Bien sûr.

Pas dans ce sens. Une maison véritable. Dans votre tête.

Je ne suis pas sûre de comprendre.

Une chose que vous êtes en train de construire, votre devoir.

Ah, ça.

Oui, ça.

Je vous l'ai dit, je ne vais jamais au bout des choses.

Vous est-il au moins arrivé d'en commencer une ?

Peut-être, une fois.

Où étiez-vous ?

À côté d'un homme.

C'est un bon point de départ.

Bof.

Le père de l'enfant ?

Lui ? Allons donc, le roi des crétins celui-là, il a disparu juste au bon moment.

Désolé.

Il n'avait même pas de travail. Enfin si, peut-être, mais un truc du genre voleur de voitures.

Et l'autre ?

Qui ?

L'homme de votre maison.

Ah, celui-là…

Il avait quelque chose de spécial ?

Tout. Il est unique au monde.

C'est-à-dire ?

Il n'y en a pas deux comme lui.

Où est-il maintenant ?

Pas avec moi.

Pourquoi ?

Laissez tomber.

Il ne vous aimait pas ?

Oh que si, il m'aimait.

Et alors ?

On a fait un tas de conneries.

Par exemple ?

Vous ne pourriez pas comprendre.

Pourquoi ?

Vous avez une idée de ce que signifie être fou de quelqu'un ?

Je crains que non.

Voilà.

Essayez de m'expliquer.

Vous voulez rire ?

Essayez, dites-moi juste une chose à la rigueur.

Pourquoi ?

Je n'ai rien d'autre à faire. Je dois attendre que mes chaussures sèchent.

Ça, c'est une bonne réponse. Que voulez-vous savoir exactement ?

Ce que signifie être fou de quelqu'un.

Vous ne le savez pas ?

Non.

La femme songea seulement qu'on comprend alors tous les films d'amour, on les comprend *vraiment*. Mais ça aussi, c'était difficile à expliquer. En plus de paraître un peu idiot. Sans le vouloir elle se remémora plein de moments qu'elle avait vécus à côté de l'homme qu'elle aimait, ou loin de lui, ce qui finalement revenait au même, et depuis bien longtemps. En général elle essayait de ne pas y penser. Mais là, ils lui revinrent en mémoire et elle se rappela en particulier une des dernières fois où ils s'étaient quittés, et ce qu'elle avait compris à cet instant – elle était assise à la table d'un café, et il venait de s'en aller. Ce qu'elle avait compris, avec une certitude absolue, était que vivre sans lui serait, à jamais, sa tâche fondamentale, et que dès lors les choses se couvriraient systématiquement d'une ombre, pour elle, une ombre supplémentaire, même dans le noir, et peut-être surtout dans le noir. Elle se demanda si cela pouvait convenir pour expliquer ce que signifie être fou de quelqu'un, mais en levant le regard vers l'homme debout face à la fenêtre, sa petite valise à la main, elle le vit si élémentaire et déterminé qu'il lui sembla totalement insensé de se lancer dans cette explication. Tout bien considéré elle n'en avait même pas envie, elle n'était pas là pour ça. Alors elle sourit d'un sourire triste qui n'était pas le sien et dit que non, il valait mieux laisser tomber. Soyez gentil, ne parlons plus de moi. Comme vous préférez, dit l'homme. La femme ouvrit une autre canette de bière et resta un moment silencieuse. Puis elle demanda comment diable on pouvait se retrouver à fabriquer des balances. Cela ne l'intéressait pas, en réalité, mais elle voulait en finir avec ce silence, ou peut-être avec le souvenir de l'homme qu'elle aimait. Aussi demanda-t-elle comment on se retrouvait à vendre des balances. La question devait avoir son importance pour l'homme car il se rappela la première fois qu'on lui avait appris à mesurer. À bien mesurer. Il avait aimé ce qu'on faisait avec les mains, pour bien mesurer. Et là, probablement, il avait commencé à penser qu'il manquait les instruments, pour mesurer, et que c'était le début de tous les problèmes. Il devait mélanger deux quantités de peintures différentes, mesurer la dose exacte de l'une, et la dose exacte de l'autre. Si c'était bien fait le pinceau glisserait sur le bois, et la teinte serait parfaite à la lumière du matin, un peu plus chaude au soleil couchant. Il aurait aimé expliquer que tout cela était lié au devoir que nous avons de reconstruire notre maison, et que d'une certaine manière c'en était même le principe, l'aurore. Mais tandis qu'il cherchait ses mots, son regard plongea vers la rue et il vit trois véhicules de police arrêtés devant l'entrée de l'hôtel, avec leurs lumières bleues clignotantes. Un policier était debout, appuyé contre une portière ouverte, et parlait dans une radio. L'homme se tut et se tourna vers la femme, là, dans le lit. Alors seulement il remarqua ses yeux, qui étaient clairs, mais gris, comme ceux des loups : et il comprit d'où provenait sa beauté. Je vous écoute, dit la femme. L'homme continua à la fixer – ces yeux – mais au bout du compte il redirigea son regard vers la fenêtre et se remit à penser aux deux pots de peinture, au liquide dense qui coulait dans le doseur en verre.

On mettait un peu de temps pour apprendre, lâcha-t-il enfin.

Vous êtes bizarre, dit la femme. Venez ici.

Non.
Pourquoi ?
La nuit est finie.
Vous n'êtes pas encore en train de penser à ce maudit rendez-vous ? Ils ont déjà dû vous donner pour mort.
Ce n'est pas ça.
Quoi alors ? Vous avez peur qu'on vous surprenne, demain matin, avec une femme en robe du soir ? Je vous ai dit que j'étais capable de quitter les lieux sans que personne s'en aperçoive.
Vraiment ?
Bien sûr.
Vous devriez peut-être le faire maintenant.
Je rêve ! Pourquoi ?
Croyez-moi, faites-le maintenant.
Bon sang mais qu'est-ce que vous dites ?
Rien.
Non, vous savez ce que je vais faire plutôt ? Là, c'est un bon petit déjeuner qu'il nous faut, servi en chambre, pour fêter notre rencontre.
Reposez ce combiné.
Vous connaissez le numéro de la réception ?
Ne faites pas ça, je vous en prie.
Neuf, voilà, c'est toujours le…
REPOSEZ CE COMBINÉ.

Du calme, qu'est-ce qui vous prend ?

REPOSEZ-LE IMMÉDIATEMENT !

D'accord… d'accord, voilà, j'ai raccroché. Excusez-moi.

Qu'est-ce qui vous a pris ?

Ce n'était pas une bonne idée.

Bien sûr que si.

Non, croyez-moi.

Je n'allais pas en demander deux, je voulais en demander un seulement, nous l'aurions partagé, et quand ils l'auraient apporté je me serais cachée dans la salle de bains.

L'espace d'un instant l'homme sembla penser qu'en effet, cela aurait pu marcher, mais en réalité sa pensée était ailleurs. Il fit mine de dire quelque chose, quand on frappa à la porte, trois fois. Depuis le couloir une voix lança Police du Comté, une voix sans emphase, mais forte, sans hésitation. L'homme resta un instant silencieux, puis il dit tout haut J'arrive. Il se tourna vers la femme. Elle était immobile, le drap descendu sur ses hanches. L'homme retira sa veste, s'approcha du lit, et la tendit à la femme. Couvrez-vous, dit-il. On frappa encore une fois à la porte. La femme enfila la veste, regarda l'homme et murmura Ne vous inquiétez pas. L'homme fit non de la tête. Puis il dit à voix haute J'arrive, en se dirigeant vers la porte. La femme glissa les mains dans les poches de la veste et sentit dans sa main droite un revolver. Elle le serra. L'homme ouvrit la porte.

Police du Comté, répéta le policier, en montrant un insigne. Son autre main était posée sur la crosse d'un revolver accroché à son ceinturon.

Vous êtes bien monsieur Malcolm Webster ?

Oui, c'est moi.

Veuillez me suivre.

Alors le policier se tourna vers le lit et ne parut pas surpris d'y trouver la femme, sous les couvertures.

Le revolver ? lui demanda-t-il.

Tout va bien, répondit-elle, je l'ai.

Le policier acquiesça d'un signe de tête.

Il se tourna à nouveau vers l'homme.

Venez, dit-il.

DEUX

C'était une toute jeune fille, et ces vêtements de femme lui donnaient un air encore plus jeune. Le maquillage aussi avait le même effet : le rouge sur ses lèvres et les traits appuyés autour de ses yeux – des yeux clairs, mais gris, comme ceux d'une louve. Elle arriva vers neuf heures du soir, avec son petit ami, un type qui était à l'évidence son petit ami, bien plus âgé qu'elle. Ils semblaient déjà assez éméchés. Ils n'avaient pas réservé, et dirent au concierge que leurs papiers d'identité étaient restés dans la voiture. Le concierge était un homme d'une soixantaine d'années auquel la direction avait donné l'ordre de ne pas se montrer trop exigeant et de se faire payer d'avance. Il n'était pas du genre à s'autoriser des initiatives, alors il leur donna une chambre au troisième étage et leur demanda de régler. Le garçon sortit de sa poche une petite liasse de billets et paya comptant. Ce faisant, il lâcha quelques mots plutôt rudes, histoire qu'on comprenne que c'était un dur. La jeune fille ne dit rien. Elle était debout, à deux pas de lui.

Ils montèrent dans leur chambre mais redescendirent presque aussitôt et sortirent pour aller dîner, sans saluer.

C'était un hôtel assez minable, en périphérie de la ville.

Au cœur de la nuit le concierge de l'hôtel, couché sur son lit de camp, entendit des bruits dans le hall, comme des voix étouffées. Il se leva et vit, appuyés contre un mur, les deux qui s'embrassaient. La jeune fille semblait vouloir monter dans la chambre, mais son ami la maintenait contre le mur et, entre deux baisers, elle ricanait. Il glissa une main sous sa jupe et alors elle ferma les yeux, sans cesser de rire. Cela aurait pu être une charmante scène, toutefois il avait une manière de faire qui n'était pas franchement belle. Le concierge toussota. Le garçon se tourna vers lui puis revint à ce qu'il était en train de faire, comme s'il se fichait qu'on le regarde, ou comme si ça lui plaisait. Mais pour le concierge ce n'était pas acceptable, ainsi il prit la clé de leur chambre et dit haut et clair qu'il leur serait reconnaissant de bien vouloir monter. Le garçon maugréa quelque chose, puis il retira sa main de l'endroit où il l'avait glissée et s'en servit pour arranger ses cheveux. En fin de compte ils prirent la clé et montèrent. Le concierge resta debout derrière son comptoir, essayant de définir ce qu'il y avait de délicieux chez cette jeune fille, quand la jeune fille réapparut dans le hall, avec sur le visage une ombre de fatigue invisible auparavant, pour dire qu'il n'y avait pas de serviettes de toilette, dans la chambre. Le concierge était sûr qu'il y en avait mais il alla en chercher d'autres dans la réserve, sans se demander ce que c'était encore que cette histoire. Il revint avec un jeu de serviettes et le tendit à la jeune fille qui le remercia, d'une belle manière, et fit mine de s'en aller. Cependant elle s'arrêta deux pas plus loin et, se tournant vers l'homme, elle lui posa une question, une question qu'elle semblait avoir retenue longtemps, d'un ton simplement curieux, et un peu assombri par cette fatigue.

Quand dorment les concierges de nuit ?

La nuit, répondit l'homme.

Ah.

Par petits bouts, disons.

En ce sens que vous êtes un peu à bout, après.

En ce sens qu'on est amené à se réveiller et se rendormir plusieurs fois.

Ça ne doit pas être génial. Qu'est-ce qui vous a amené à faire un tel travail ?

Je n'étais pas en mesure de pouvoir choisir. Et puis ça ne me déplaît pas.

Bien sûr, devenir une rock star était plus compliqué.

Je n'aurais certainement pas bénéficié de la tranquillité et du temps que j'ai le privilège d'avoir.

Vous pouvez répéter ?

Je dis que je suis heureux comme ça. Je voulais être tranquille.

Si vous êtes heureux comme ça. Selon moi, vous n'avez pas eu le cran de viser plus haut. Bonne nuit.

C'est curieux, j'ai pensé la même chose de vous.

Pardon ?

Quand je vous ai vue entrer, et puis tout à l'heure, dans le hall, j'ai pensé que c'était dommage.

Qu'est-ce qui était dommage ?

Ce garçon. Vous, avec ce garçon. Si je peux me permettre, vous êtes une jeune fille délicieuse, cela se voit tout de suite.

Qu'est-ce que c'est que ces conneries ?

Excusez-moi. Je vous souhaite une bonne nuit.

Non, maintenant dites-moi où vous voulez en venir.

Cela n'a pas d'importance.

J'en suis persuadée, mais vous allez me le dire quand même.

Votre ami doit attendre les serviettes.

Ce sont mes oignons. C'est quoi cette histoire de jeune fille délicieuse ?

Vous avez les pieds attachés l'un à l'autre, vraiment attachés. Les jeunes filles ne comprennent pas toujours qu'avec des talons hauts leur façon de se tenir, quand elles sont debout, immobiles, donne l'impression qu'elles ont les pieds attachés. Parfois on peut juste y passer un doigt, mais ce n'est pas la même chose.

Voyez-vous ça.

Toutes ne le comprennent pas mais vous le savez, et puis il y a le reste aussi, vous avez une belle manière de… de tout. Votre ami c'est le contraire, non ?

Mais vous vous entendez ?

Donc j'ai pensé que c'était dommage. J'ai pensé que peut-être vous n'aviez pas eu le cran d'aspirer à quelque chose de mieux.

Vous devriez dormir un peu plus, vous savez ? Vous n'allez pas bien du tout.

Sans doute. Néanmoins il y a des choses qui se comprennent facilement.

Mais qu'est-ce que vous croyez comprendre ?

Des choses.

Quoi, vous avez étudié ? Vous êtes psychologue, la journée ? Devin ?

Non. J'ai un certain âge, et j'en ai vu de toutes les couleurs.

En restant planté derrière le comptoir d'un hôtel ?

Notamment.

Tu parles d'une expérience.

J'en ai eu d'autres.

Lesquelles ?

J'ai eu des enfants, comme vous.

C'est tout ?

Cela vous semble insignifiant ?

Tout le monde est capable d'avoir des enfants.

C'est vrai. J'ai fait de la prison. Ça vous va ?

Vous, en prison ?

Treize ans.

Vous vous foutez de moi ?

Je n'oserais jamais.

Vous n'avez pas une tête à faire de la prison.

Non, en effet.

Vous y avez atterri par erreur ?

J'y ai atterri pour toute une série de raisons

qui se sont combinées de façon anormale et irréversible.

Je ne comprends pas.

J'ai tué un homme.

Merde.

Votre petit ami vous attend.

Vous avez tué un homme comment ?

Je lui ai tiré dessus. Un coup, un seul.

Bien joué...

Il se trouvait à un mètre de moi, c'était vraiment difficile de le rater. Cependant le fait d'avoir tiré un seul coup m'a aidé, au tribunal. Pas d'acharnement, vous comprenez ?

Cela donne à penser que vous n'avez pas eu de plaisir à le faire.

Exact.

Quelque chose de propre.

Si on veut.

Pourquoi l'avez-vous tué ?

C'est une longue histoire.

Dans ce cas, essayez de faire court.

Pourquoi devrais-je vous la raconter ?

Je ne sais pas, j'aimerais la connaître.

Je vous propose une chose...

D'accord, mais vite parce que je dois monter.

Je vous raconte cette histoire, mais en échange vous quittez cet hôtel, tout de suite, sans même dire au revoir à l'autre là-haut.

Pardon ?

J'ai dit que je vous raconterais volontiers pourquoi j'ai tué cet homme mais après, en échange, j'aimerais vous voir sortir d'ici, et rentrer chez vous.

Mais putain qu'est-ce que vous dites ?

Franchement, je ne sais pas. L'idée m'est venue comme ça. J'aimerais beaucoup vous voir passer cette porte et partir vers un endroit meilleur.

Qu'est-ce qu'il a cet endroit qui ne va pas ?

Ce garçon.

Mon petit ami ?

Sans doute, oui. Vous et ce garçon, ça ne va pas du tout.

Mais qu'est-ce qu'il faut pas entendre.

Je me trompe peut-être.

Évidemment que vous vous trompez.

Vous en êtes sûre ?

Certaine.

Alors excusez-moi. N'oubliez pas vos serviettes. Bonne nuit.

Une minute, une minute.

Montez.

Une minute. L'histoire, d'abord.

Je vous ai dit que je vous la raconterais à condition que vous me fassiez le plaisir de passer cette porte, et de rentrer chez vous.

Mais vous êtes bête ou quoi ? Vous ne pensez quand même pas que je vais vraiment m'en aller ? Juste parce que cela vous *ferait plaisir.*

En effet, cette éventualité me semble assez improbable.

Impossible, vous voulez dire.

Pourquoi ?

C'est ma vie, de quoi vous mêlez-vous ?

À part ça ?

À part ça, même si je le voulais, je ne pourrais pas m'en aller.

Pourquoi ?

Il me tabasserait.

Ah, nous y voilà.

Vous êtes content ?

Non. Pas du tout. Comment vous êtes-vous fourrée dans ce pétrin ?

Qu'est-ce que j'en sais.

Fantastique.

Il me plaisait… enfin, il *me plaît,* sauf que…

Qu'est-ce qui vous plaît ?

Mon petit ami.

D'accord, mais qu'est-ce qui vous plaît, chez lui ?

Quelle question stupide, il me plaît lui, son physique me plaît, il me plaît parce qu'il est fou, il me plaît au lit. Vous voyez de quoi je parle ?

Je crois que je peux me faire une idée.

Bien, alors faites-vous une idée.

Vous ne pouviez pas trouver quelqu'un de moins enclin à la vulgarité et à la violence ?

Non mais vous vous entendez ?

Pourquoi ne cherchez-vous pas quelqu'un de gentil qui ne vous brutalise pas ?

Ça existe ?

Vous êtes splendide.

Laissez tomber. Donnez-moi ces serviettes.

Tenez.

Je crois que j'ai besoin d'une bonne douche.

Certainement.

Je vais devoir la prendre sans savoir comment diable un balourd de votre espèce a fini par devenir un assassin.

Allez la prendre chez vous, cette douche, et vous le saurez.

Chez moi ? Vous n'y pensez pas.

Vous devez bien avoir un toit.

Ce n'est pas chez moi, c'est chez ma mère.

En général cela ne fait pas de différence.

Répondez, c'est sûrement lui.

Réception, bonsoir… Oui, elle est ici… Je n'en ai pas la moindre idée… Oui, je vous la passe.

Allô… J'arrive… Je me suis arrêtée bavarder un peu… Avec le concierge… Oui, bavarder… Il pourrait être mon grand-père, Mike… Oh, ce sont mes affaires… Non, figure-toi… Je t'ai dit que j'arrivais… MAIS TU PEUX PAS ME LAISSER TRANQUILLE UN MOMENT ? je t'ai dit que j'arrivais… C'EST TOI QUI HURLES !… une demi-heure, ben voyons, ça doit faire cinq minutes… qu'est-ce que j'en sais, il doit être au fond de mon sac… ne hurle pas je t'en prie… NE HURLE PAS, PUTAIN… JE T'AI DIT DE… oh, et puis va te faire foutre.

Désolé, c'est ma faute.

Et merde…

Montez.

Non, rappelez-le s'il vous plaît.

Au téléphone ?

Comment sinon ? Vite.

Je crois vraiment que…

Vite, avant qu'il descende !

Tenez.

Allô ?… Allô ?… Pardon, pardonne-moi, je t'en prie pardonne-moi… Mike… d'accord… je monte immédiatement… promis… je prends juste les serviettes… Je t'aime… oui… je te l'ai dit… oui, j'arrive.

Montez maintenant.

Oui, je monte.

Bonne nuit.

Vous ne vous êtes pas foutu de ma gueule, hein ?

Dans quel sens ?

Vous avez vraiment fait de la prison ?

Treize ans.

Treize ?

J'ai lu beaucoup. C'est passé.

Moi, je serais devenue folle là-bas dedans.

Vous êtes jeune, c'est différent. Montez.

À votre avis, j'ai quel âge ?

Dix-huit. Vous l'avez écrit vous-même, dans le registre de l'hôtel.

Et vous y croyez ?

Non.

Alors ?

Dites-le-moi.

Seize.

Mince.

Tout le monde dit que c'est un âge spécial.

Oui, il paraît.

Vous pensez que c'est un âge spécial ?

Je ne sais pas, je ne l'ai jamais eu.

Vous êtes passé à côté ?

Si on veut.

Dommage.

C'est tout aussi dommage de le gâcher comme vous le faites.

Je ne le gâche absolument pas.

Excusez-moi, vous avez raison, je parle sans savoir.

Pourquoi dites-vous que je le gâche ?

Je ne sais pas. Votre visage.

Qu'est-ce qu'il a mon visage ?

Il est très beau.

Et alors ?

Il serait très beau s'il n'y avait pas cette méchanceté dans ses traits.

Méchanceté ?

Vous avez un visage méchant.

Chouette !

Mais…

Je *suis* méchante.

Cela semble vous réjouir.

Oui, je m'en réjouis, j'aime bien être méchante, comme ça je me protège du monde, je n'ai peur de rien. Qu'est-ce qui vous gêne dans la méchanceté ?

L'homme réfléchit un peu. Puis il dit qu'il faut faire attention quand on est jeune parce que la lumière dans laquelle on vit, jeune, est la lumière qui nous suivra toujours, et ce pour une raison qu'il n'avait jamais comprise. Mais il savait que c'était comme ça. Il dit que beaucoup de gens sont mélancoliques, dans leur jeunesse, et qu'en fin de compte ils le restent toujours. Ou alors, qu'ils ont grandi dans la pénombre, et que la pénombre les poursuit toute leur vie. Ainsi il fallait se méfier de la méchanceté qui semble être un luxe qu'on peut se permettre, quand on est jeune, car la vérité est tout autre ; la méchanceté est une lumière froide dans laquelle les choses perdent leurs couleurs, et ce définitivement. Il ajouta que lui, par exemple, avait grandi dans la violence et la tragédie, et que par une série de circonstances il devait admettre qu'il n'avait plus jamais réussi à sortir de cette lumière, même si d'une manière générale il pouvait affirmer avoir bien agi tout au long de sa vie, avec la seule intention de remettre les choses en ordre, et en parvenant à le faire au fond, mais indiscutablement dans une lumière qui n'avait été que tragique et violente, avec de rares moments de beauté, qu'il n'oublierait jamais du reste. Puis il vit l'ascenseur descendre du troisième étage vers le rez-de-chaussée et nota que quelque chose sur le visage de la jeune fille s'était durci, quelque chose de très semblable à un petit spasme de peur. D'instinct l'homme voulut rentrer dans sa loge, mais il pensa qu'il ne pouvait abandonner la jeune fille alors il dit Vite, venez avec moi, et étrangement elle le suivit et se laissa conduire dans la loge où l'homme lui fit signe de se taire, tandis qu'il cherchait autour de lui quelque chose sans trop savoir ce que c'était. On entendit la porte de l'ascenseur qui s'ouvrait et la voix du garçon qui hurlait le prénom de la jeune fille. L'homme attendit un instant, puis sortit de sa loge pour aller au comptoir. Le garçon était en slip et en tee-shirt. L'homme le regarda avec toute la bonté impersonnelle dont il était capable.

Je dois vous demander de ne pas hurler, dit-il.

Je hurle si j'en ai envie. Où est-elle ?

Qui ça ?

Mon amie.

Je ne sais pas. Elle a pris les serviettes.

Et où est-elle allée ?

Je ne sais pas, je crois qu'elle est remontée.

Quand ?

Quand vous l'avez appelée, au téléphone, elle a pris les serviettes et ensuite je ne sais pas.

Et ça, qu'est-ce que c'est ?

Ça ?

Tu es débile ou quoi ? Ça, ÇA, ce ne sont pas des serviettes ?

Elle a dû les laisser ici. Je ne sais pas, j'avais à faire, je suis retourné dans ma…

Putain mais…

Elle a dû les oublier.

Où est-elle ?

Elle est peut-être allée faire un tour sur la terrasse.

Quelle terrasse ?

Je vous ai dit tout à l'heure qu'il y avait une

terrasse, au dernier étage, avec une très belle vue la nuit sur la ville illuminée. Elle a peut-être eu envie de…

La terrasse ?

Je ne sais pas, si elle n'est pas retournée dans la chambre…

Comment accède-t-on à cette foutue terrasse ?

Vous prenez l'ascenseur jusqu'au dernier étage et ensuite il y a encore un étage d'escalier. La porte est ouverte.

Mais j'y crois pas. Tu es sûr que tu ne l'as pas vue sortir ?

Sortir de l'hôtel ?

Sortir de l'hôtel, oui, je parle chinois ?

C'est possible, mais comme je vous l'ai dit, j'avais du travail alors je suis retourné là-derrière et…

Attention, n'essaie pas de me faire tourner en bourrique.

Je fais simplement mon métier.

Un métier de merde…

Il m'est arrivé de le penser, oui.

Bravo, pense un peu de temps en temps, ça ne te fera pas de mal.

Vos serviettes.

Va te faire foutre.

Vous ne les prenez pas ?

Vieux chnoque…

Le garçon n'ajouta rien. Il se dirigea vers l'ascenseur, mais quelque chose lui traversa l'esprit et il décida finalement de prendre l'escalier, en jurant à voix basse. L'homme ne bougeait pas. Alors seulement il vit que ses mains tremblaient et fut bien content que le garçon ne s'en soit pas aperçu. Il resta un peu là, parce qu'il n'était pas sûr que le garçon ne fasse pas demi-tour, puis il essaya de réfléchir rapidement à ce qu'il devait faire maintenant. Rien ne lui vint. Quel idiot, pensa-t-il, mais cela ne s'adressait pas au garçon. Il retourna dans la loge et cette fois il savait comment s'appelait la jeune fille. Mary Jo, maintenant je vous conseille de monter, en vitesse. Elle était assise sur le petit lit. Ses pieds étaient attachés l'un à l'autre, de cette belle manière. Elle fit non de la tête. J'ai peur, dit-elle. De quoi ? demanda l'homme. De monter.

Partez, alors, courez, dit l'homme.

J'ai peur de ça aussi.

Je vous accompagne.

Cela n'a pas de sens.

Pourquoi ?

Je dois remonter.

Mais vous allez partir quand même, c'est la bonne chose à faire, je vous accompagne.

Non, vous devez rester ici.

Personne ne s'en apercevra.

Et après j'irai où, putain ?

Ce n'est pas le moment d'en discuter. Venez.

Laissez tomber. Je n'ai plus peur.

Venez, je vous dis.

Pourquoi ?

Regardez dehors, l'aube est déjà là.

Et alors ?

Il est l'heure de rentrer chez vous dormir.

Peu importe l'heure qu'il est, je ne suis plus une gamine.

Ce n'est pas une question d'heure, c'est une question de lumière.

Qu'est-ce que vous racontez ?

C'est la bonne lumière pour rentrer chez soi, elle est faite pour ça.

La lumière ?

Il n'y a pas de meilleure lumière pour se régénérer. Allons-y.

Vous ne pensez tout de même pas que…

Si, je le pense. Venez avec moi.

On ne sait même pas où aller, putain !

Improvisons. Vers la gare, peut-être. Ils ouvrent tôt, là-bas. Nous avons tous les deux besoin d'un bon café, vous ne croyez pas ? Venez, sortons par-derrière. Vous voulez bien laisser les serviettes ?

Hors de question. Celles-là, je les garde.

Comme vous préférez, mais vite, par ici.

J'adore voler les serviettes dans les hôtels.

Très enfantin.

Jamais de la vie. Vous croyez quoi, que je les pique dans le but de nuire à quelqu'un ?

Je ne vois pas d'autre explication. Ces serviettes n'ont rien d'extraordinaire. Venez, tournons par là.

Je me fiche de la qualité. L'important c'est qu'après, chez moi, elles me rappellent les endroits où je suis allée. Vous pouvez le comprendre, ça ?

Des souvenirs ?

Genre.

Des souvenirs encombrants.

C'est vrai. Vous voulez bien me les porter ? Merci.

Accélérez un peu le pas par contre, je vous en prie.

Nous sommes pressés ?

Je ne sais pas.

Quelle lumière, en tout cas.

Je vous l'avais dit.

Et de fait, en ce matin d'été, l'aube se déployait dans le ciel pur avec une telle ardeur que même ces faubourgs sans prétention paraissaient surpris, finissant par céder à une quasi-beauté pour laquelle ils n'avaient pas été construits. Il y avait des lueurs optimistes aux fenêtres, et quelques touffes d'herbe brillaient, çà et là, d'un vert inattendu. Des voitures passaient, rarement, et elles aussi ne semblaient sous l'emprise d'aucune hâte particulière, comme si elles s'accordaient une trêve. L'homme et la jeune fille marchaient côte à côte, et c'était un spectacle étrange parce que la jeune fille était belle et l'homme tout à fait quelconque, en plus d'être vieux. On aurait eu du mal à comprendre leur histoire, en les voyant, elle sur ses talons hauts, la démarche assurée, lui un peu courbé, avec un jeu de serviettes blanches sous le bras. Peut-être un père et sa fille, mais même pas. Ils tournèrent en longeant le mur d'une ancienne brasserie, quittant la rue principale, et l'homme se retint de dire qu'il préférait passer là parce qu'il gardait la crainte de ce garçon en slip, accentuée par la certitude que ce dernier ne trouverait pas la terrasse, vu qu'il n'y en avait pas. Au lieu de cela il raconta quelque chose sur cette brasserie, et sur l'odeur de malt et de pub qu'on sentait encore, en passant à proximité. Il raconta que le propriétaire avait fui aux Caraïbes, trois ans plus tôt, et que pendant un temps les ouvriers avaient continué la production seuls, en s'en sortant pas si mal, mais finalement les choses s'étaient passées comme elles devaient se passer. La jeune fille demanda s'il l'avait déjà goûtée lui, cette bière, et l'homme dit qu'il ne buvait plus, depuis des années, il ne pouvait pas se le permettre, parce qu'il était en liberté surveillée et le moindre écart le ramènerait en un clin d'œil derrière les barreaux. Donc je préfère rester lucide, dit-il. À la limite, j'aimerais autant que ce soit un écart que j'ai décidé de commettre en toute lucidité, précisa-t-il. Peut-être était-ce une discrète allusion à ce qu'il était en train de faire. La jeune fille dut penser la même chose car elle lui dit qu'il pouvait retourner à l'hôtel maintenant, qu'elle allait se débrouiller. Mais l'homme fit non de la tête, sans rien ajouter. Il était à l'évidence désarmé, dans sa tranquillité, au point que la jeune fille l'aima, brièvement. Elle se rendit compte à cet instant qu'il risquait réellement de perdre son travail, en marchant à l'aube le long d'une brasserie désaffectée, à côté d'une jeune fille folle, et bizarrement ça lui déplut. Elle eut soudain l'intime conviction que cet homme ne devait pas souffrir et, suivant sa pensée, elle finit même par découvrir qu'elle souhaitait qu'il ne souffre jamais, dans sa vie. C'est pour cela qu'au bout d'un moment elle demanda à l'homme s'ils l'avaient attendu, ses proches, durant toutes ces années de prison.

Plus ou moins, répondit l'homme.

Oui ou non ?

Ma femme, plus ou moins. Et mes enfants, l'un était déjà grand, il est parti ; les deux autres sont restés avec leur mère.

Vous voulez dire que quand vous êtes sorti, vous n'aviez plus de famille.

Nous avons essayé, pendant quelque temps, mais cela ne fonctionnait pas. Beaucoup de choses avaient changé.

Par exemple ?

Moi, j'avais changé. Eux aussi. Nous tous. Ce n'était pas facile.

Ils avaient honte de vous ?

Non, je ne crois pas, honte n'est pas le bon terme. Un terme proche de l'idée de pardon serait sans doute plus approprié.

Ils ne vous ont pas pardonné.

En quelque sorte. C'est dommage, parce qu'en réalité je l'avais fait pour eux.

Quoi ?

C'est pour eux que j'ai tué cet homme.

Sérieusement ?

Oui. Pour moi, pour eux. Pour défendre ma famille.

Vous marchez trop vite, je n'arrive pas à vous suivre.

Excusez-moi.

Rien ne presse, si ?

Je ne sais pas.

Mon petit ami ?

C'est ça.

Bof. Continuez de me raconter.

Quoi ?

Vous me devez une histoire.

En effet.

Alors ?

C'était un usurier. L'homme que j'ai tué était un usurier.

Waouh !

Vous voyez de quoi je parle ?

Bien sûr, je ne suis pas idiote. Un usurier.

Je lui devais beaucoup d'argent. Il voulait s'en prendre à mes enfants.

Alors vous lui avez tiré dessus.

Oui.

N'importe quoi, ces gens-là vous menacent et puis quand vient le moment de passer à l'action il n'y a plus personne. C'est leur façon de procéder.

Pas cette fois-là.

Comment ça ?

Il a commencé en faisant des choses agaçantes, rien de violent, mais des choses désagréables. Des avertissements.

Et vous, vous avez pris peur.

Non. Je suis resté calme. Mais je ne trouvais pas cet argent, et il a continué. Il savait tout de nous, nos horaires, nos déplacements, tout.

Vous pouviez le dénoncer.

Tôt ou tard il aurait été libéré et alors il nous aurait retrouvés. Cela fonctionne ainsi. Qui dénonce paie.

Quel merdier. Vous savez où nous allons, n'est-ce pas ?

Plus ou moins.

OK, continuez.

C'est tout, je l'avais cherché, j'avais besoin de cet argent, et je me suis mis dans ce pétrin.

Et vous n'avez rien trouvé de mieux à faire que de lui tirer dessus ?

Je n'avais pas d'autre solution, croyez-moi. Le tuer était le seul moyen de régler l'affaire.

Vous avez élaboré un plan ?

Plus ou moins. J'ai essayé de voir si j'avais des avantages par rapport à lui.

Et vous en aviez.

Oui. J'avais plus d'imagination et un air lâche.

C'est-à-dire ?

Il était loin d'imaginer que je puisse faire quelque chose de courageux, ou de violent. Ainsi je lui ai dit que j'avais l'argent, j'ai décidé du lieu, il n'a même pas pris la peine de le choisir, ou de se faire accompagner par quelqu'un. Il est arrivé, je me suis approché et j'ai tiré. C'était la dernière chose à laquelle il s'attendait.

Mince.

Ça s'est passé comme ça.

Cela ne vous a pas… comment dire, cela ne vous a pas fait peur ? De tirer, j'entends.

J'ai grandi dans un monde où les gens se tiraient dessus. Mon père était comptable, mais quand c'était nécessaire il tirait.

Sérieusement ?

C'était un monde cruel. Les gens s'entretuaient, et ils le faisaient normalement.

Dans quel sens *normalement* ?

Ça, c'est une autre histoire que je ne vous dois pas.

Bon d'accord. Finissez la mienne, alors.

Que voulez-vous savoir encore ?

Ce que vous avez fait, après. Vous vous êtes enfui, vous êtes allé vous rendre à la police, qu'avez-vous fait ?

Je suis monté dans ma voiture et j'ai roulé pendant deux jours. Le premier jour j'avais des rendez-vous avec des clients, j'y suis allé. Après rien, j'ai roulé, point. Je n'ai même pas téléphoné à la maison.

Vous vous êtes enfui.

Non. Je roulais. Je ne me suis pas caché un seul instant. Cela m'était égal de me faire arrêter.

Pourquoi ?

J'avais encore mon revolver sur moi. Je le gardais dans la poche de ma veste. Je pensais me suicider tôt ou tard.

Vraiment ?

C'était mon idée. Une idée logique.

Mais finalement vous ne l'avez pas fait.

Je pensais le faire au moment où j'aurais vu arriver la police. Seulement ils ont été très habiles.

C'est-à-dire ?

Ils imaginaient que je pouvais avoir une idée de ce genre, du coup ils ont été très habiles. Ils m'ont d'abord suivi un peu de loin, puis ils ont choisi le bon moment. Je me trouvais dans un hôtel et c'est là qu'ils sont venus m'arrêter, à l'aube, mais d'une belle manière, avec délicatesse. J'ai eu de la chance, ces policiers savaient s'y prendre.

Donc vous ne vous êtes pas suicidé.

Comme vous pouvez le voir.

Vous auriez peut-être dû vous suicider.

Qui sait. Je pense toutefois pouvoir exclure cette hypothèse. C'est toujours mieux de vivre.

Même en prison ?

Mais l'homme ne répondit point parce qu'une automobile noire, quelques croisements plus loin, pila soudainement et enclencha la marche arrière. C'est lui ? demanda l'homme, et la jeune fille fit oui de la tête. Elle était blême. Par là, dit l'homme, et ils se mirent à courir vers le boulevard, où passaient plus de voitures et avec un peu de chance plus de gens aussi. La jeune fille se pencha pour retirer ses chaussures et, les tenant à la main, elle put courir plus vite. L'homme avait les tempes qui battaient, il essayait de réfléchir, de faire éclore en lui quelque idée. Il était certain que le garçon les avait vus, mais il devait être tellement furieux qu'il mettrait un peu de temps à s'orienter dans ce dédale de ruelles. Ils avaient peut-être quelques minutes encore, même s'il ne voyait pas très bien ce qu'ils pouvaient en faire. Pour sûr rejoindre le boulevard était déjà quelque chose, pensa-t-il, et quand ils y arrivèrent, il se retourna pour voir si la voiture noire l'avait trouvé avant eux. Il aperçut un autobus qui s'approchait, avec son clignotant. Il se tourna à nouveau et vit que l'arrêt se trouvait à une vingtaine de mètres. Par ici, vite, cria-t-il à la jeune fille, et en même temps il leva le bras pour que l'autobus s'arrête vraiment. Ils atteignirent la station et le temps que le chauffeur mit pour freiner et ouvrir les portes leur parut une éternité. Allez, montez, lança l'homme. La jeune fille monta sans dire un mot. L'homme glissa instinctivement une main dans sa poche pour chercher un ticket, parce qu'il était de ces gens-là. Mais trop tard, les portes se fermèrent. Derrière la vitre la jeune fille hurla quelque chose et il comprit qu'elle lui demandait pourquoi il n'était pas monté. Il fit juste non, de la tête. L'autobus partit et il vit la jeune fille qui le saluait, de la main. Il lui sembla qu'elle le faisait d'une belle manière, comme elle faisait probablement chaque chose.

Puis il resta planté là, debout, le cœur battant. Incapable de penser.

Une minute, peut-être, un peu plus, et l'automobile noire s'arrêta devant lui. La portière s'ouvrit et le garçon descendit, calme, lent. Il n'était plus en slip et en tee-shirt, il s'était rhabillé. Il fit le tour de la voiture et s'approcha de l'homme. Elle est enceinte, couillon, siffla-t-il doucement, puis il lui décocha un coup de poing sous les côtes, alors l'homme s'écroula à terre. Il se recroquevilla sur le trottoir, comme un insecte, et en même temps il pensait à la prison et à ce qu'il pouvait faire pour éviter de finir une nouvelle fois là-bas dedans. Ne rien faire, conclut-il. Le garçon lui donna un coup de pied dans le dos, en répétant tout bas Couillon. Ensuite il prit une cigarette et se l'alluma. L'homme, par terre, écoutait battre son cœur. Il devina que le garçon faisait quelques pas, comme pour s'éloigner. Puis il l'entendit à nouveau près de lui.

Où est-elle allée ? demanda le garçon.

Pour l'homme cette révélation que la jeune fille était enceinte changeait un peu les choses.

Elle a pris l'autobus, répondit-il.

Le garçon eut un mouvement de tête ambigu. Il tirait rageusement sur sa cigarette.

Lève-toi, dit-il.

L'homme crut qu'il n'y arriverait jamais, mais le garçon lui répéta de se lever et il le fit d'une voix méchante et impatiente. Aussi l'homme s'appuya avec ses bras sur le trottoir et, au prix d'un immense effort, se remit debout. Il sentait une douleur, dans sa poitrine, qui le pliait en deux.

Monte dans la voiture, dit le garçon, toujours avec la même voix.

L'homme leva la tête et se demanda l'espace d'un instant où avaient disparu les rares passants qui un peu plus tôt, il s'en souvenait bien, arpentaient le boulevard à la hâte. Il monta dans la voiture et commença à penser qu'il ne s'en sortirait pas vivant. Mais c'était une idée stupide, probablement.

Le garçon prit le volant et l'homme, assis à son côté, s'abandonna contre le dossier. Il ne se passa rien, pendant un moment. Puis le garçon mit le contact et fit demi-tour lentement, avant de s'engager sur le boulevard. Ils roulèrent comme s'ils n'avaient pas de but, d'ailleurs ils n'en avaient sans doute pas. Mais finalement le garçon emprunta une rue qu'il avait reconnue et, au bout d'une cinquantaine de mètres, il s'arrêta devant l'hôtel. Il coupa le moteur, baissa sa vitre et alluma une cigarette. Il resta un moment silencieux.

Je ne suis même pas sûr que ce soit le mien, finit-il par dire. L'enfant, ajouta-t-il.

Pourquoi ?

Comment ça pourquoi ? Tu as vu le genre de fille que c'est ?

Elle est jolie.

Elle est folle.

Mais d'une belle manière, dit l'homme, puis il eut une quinte de toux, à cause de cette chose qui s'était cassée dans sa poitrine.

Le garçon le laissa tousser, et il lui demanda s'il avait des enfants.

Plus ou moins, répondit l'homme.

Je ne veux pas d'un enfant qui n'est pas le mien, lâcha le garçon.

Alors ils n'échangèrent plus un mot jusqu'à ce que le garçon dise Descends, et il le dit comme si désormais plus rien ne lui importait.

L'homme ouvrit sa portière et dit Désolé.

Disparais, siffla le garçon. Il n'attendit même pas que l'homme soit vraiment descendu, il se pencha pour fermer la portière et démarra en trombe.

L'homme resta là, devant l'hôtel. Il regarda autour de lui, et s'étonna de voir une lumière encore parée des lueurs de l'aube, car il avait en réalité l'impression que plusieurs heures s'étaient écoulées depuis son départ avec la jeune fille. Il ne bougea pas, tenaillé par la douleur, et aussi par la sensation vague d'avoir oublié quelque chose. Les serviettes lui revinrent à l'esprit. Il les imagina par terre, devant l'arrêt de bus. Il les vit blanches et repassées, là, par terre, et pensa brièvement que c'était une bonne chose que le garçon l'ait frappé sans le faire saigner. Il n'aurait pas aimé voir ces serviettes blanches tachées de sang. Au lieu de cela maintenant il pouvait les imaginer propres, et inopinées, sous le regard curieux des passants.

Quelqu'un les prendra et les emportera chez lui, il pensa.

TROIS

Le gamin s'était allongé sur le lit sans retirer ses chaussures, et depuis un moment il se retournait sur les couvertures, s'endormant de temps en temps, mais sans céder à un vrai sommeil. Assise sur une chaise, dans un coin de la pièce, une femme l'observait en essayant de chasser la sensation désagréable que tout cela était une erreur. Elle n'avait même pas ôté sa parka car dans cet hôtel déprimant les radiateurs aussi étaient merdiques. Comme la moquette crasseuse et les puzzles encadrés au mur. Il n'y avait que ses idiots de chefs pour penser que c'était une bonne idée d'amener là un adolescent de treize ans, après ce qu'il avait enduré au cours de cette soirée. L'idiotie des policiers. Tout ça parce qu'ils n'avaient pu trouver aucun parent à qui le confier. Ils avaient juste réussi à joindre un oncle, qui n'avait cependant aucune intention de bouger de l'endroit où il se trouvait, un chantier du Nord, un trou paumé. Du coup maintenant elle était obligée de jouer la nounou avec le gamin, dans cet hôtel pourri, et le lendemain matin une décision serait prise. Mais le petit se tournait et se retournait, sur les couvertures, et la femme n'arrivait pas à digérer cet abandon, toute cette tristesse. Aucun enfant ne méritait une telle merde. Elle se leva et s'approcha du lit. Il fait froid, dit-elle, mets-toi sous les couvertures. Le petit fit non de la tête. Il n'ouvrit pas les yeux. Avant ils avaient parlé un peu, elle avait même réussi à le faire rire. Imagine que je suis ta grand-mère, lui avait-elle dit. Tu n'es pas si vieille, avait-il répondu. Je garde la forme, avait ajouté la femme qui en réalité sentait bien le poids de ses cinquante-six ans. Puis elle avait tenté de le faire dormir, et à présent elle était là, convaincue que tout cela ne rimait à rien.

Elle alla dans la salle de bains se passer de l'eau sur le visage, parce qu'elle tenait à rester éveillée. Et là, lui vint à l'esprit une idée stupide qui cependant la fit se sentir tout de suite mieux. Elle la retourna un peu dans sa tête, et comprit qu'elle ne tenait pas la route, mais en même temps sa folie et sa subtilité lui plaisaient. Elle regagna sa chaise sans cesser d'y penser, et comme le garçon continuait de s'agiter, sur le lit, au bout d'un moment elle murmura Et merde, elle se leva, prit son gros sac et alluma les lumières de la chambre. Le garçon ouvrit les yeux et se tourna vers elle. On s'en va, dit la femme. Prends tes affaires, on s'en va. Le petit posa ses pieds sur le sol et regarda autour de lui. Où ? demanda-t-il. Dans un endroit meilleur, dit la femme.

Ils sortirent de l'hôtel et montèrent dans une vieille Honda, garée derrière. Elle n'avait pas les insignes de la police et ne semblait pas en grande forme. C'était une vieille guimbarde de service qu'elle seule au commissariat utilisait. Elle l'aimait bien. Elle chargea leurs affaires dans le coffre, fit monter le garçon et se mit au volant. Toi, incline ton siège et essaie de dormir, lança-t-elle. Puis elle sortit lentement du parking, en s'assurant qu'il n'y avait pas de véhicules de police, dans les parages. Elle se détendit un peu seulement lorsqu'ils s'engagèrent sur la route qui sortait de la ville. Le petit n'avait pas posé de questions, et semblait davantage intéressé par la radio installée sur le tableau de bord que par le but de cette virée nocturne. Une fois dans la campagne, il n'y avait vraiment plus rien à voir derrière les vitres où l'obscurité engloutissait tout. Tandis que la femme conduisait silencieuse, le garçon se pelotonna sur son siège et ferma les yeux. Dors, dit la femme.

Elle roula une bonne heure, en s'efforçant de rester concentrée sur la route, parce qu'elle n'avait jamais aimé conduire et redoutait un coup de fatigue. Il n'y avait pas de circulation, à cette heure de la nuit si on croisait quelques camions insomniaques c'était déjà beaucoup. Mais la femme avait quand même du mal, car elle n'était pas habituée à ce genre de choses, et toute cette obscurité la rendait nerveuse. Aussi fut-elle contente lorsqu'elle vit le garçon se redresser, et regarder autour de lui, en s'étirant comme n'importe quel enfant, un enfant qui n'aurait pas vécu ce que lui avait vécu. Elle eut la sensation que tout allait un peu mieux.

Bonjour, jeune homme, dit-elle.

On est où ?

On est presque arrivés. Tu veux de l'eau ?

Non.

Il doit y avoir aussi quelques canettes sous le siège.

Non, ça va.

Tu te rappelles, pas vrai, qui je suis ?

Oui.

L'inspecteur Pearson.

Oui.

Tu n'as qu'à te reposer, moi, je m'occupe du reste. Tu me fais confiance ?

Où est mon blouson ?

Tout est dans le coffre. J'ai tout pris.

Pourquoi on n'est pas restés là-bas ?

Cet hôtel était horrible. Ce n'était pas une bonne idée de rester là-bas.

Je veux rentrer chez moi.

Malcolm… tu t'appelles Malcolm, pas vrai ?

Oui.

Rentrer chez toi n'est pas une bonne idée non plus, Malcolm, crois-moi.

Je veux voir ma maison.

Tu la verras. Mais pas cette nuit.

Pourquoi ?

Ce n'est pas le moment d'en parler.

Pourquoi ?

Parlons d'autre chose.

De quoi ?

De football, de voitures. Sinon tu peux me poser toutes les questions que tu veux.

Quel est ton métier ?

Inspecteur de police, je te l'ai dit.

Un inspecteur *femme* ?

Ce n'est pas interdit, tu sais ?

Oui, mais… comment ça t'est venu ?

Ah, comment… Dans ma vie, à un moment donné, j'ai voulu tout changer et cette idée m'est venue. Je voulais recommencer à zéro. Je sortais avec un policier. Il y a eu un concours et je l'ai passé.

Difficile ?

De la rigolade.

Même pour tirer ?

Même pour ça.

Tu as déjà tiré, au fait ?

Au début. Mais je n'étais pas du genre à y prendre plaisir. J'aspirais à d'autres choses.

Quelles choses ?

Comprendre. J'avais envie de comprendre. J'aimais bien les délinquants. Les fous. Je voulais les comprendre. Je me suis mise à étudier. C'est la seule chose que j'ai faite *presque* jusqu'au bout dans ma vie. On m'utilisait pour ça, dans la police.

Pour ça quoi ?

Quand on voulait comprendre ce qui se passait dans la tête des délinquants ou des fous. J'ai arrêté de tirer et pendant un bon moment on m'a confié d'autres tâches, qui n'impliquaient pas l'usage d'un revolver. J'étais le genre de flic qu'on envoie sur les corniches des immeubles pour parler avec ceux qui s'apprêtent à sauter, tu vois ce que je veux dire ?

Oui.

On m'appelait quand il fallait déchiffrer les lettres des maniaques.

Super.

J'étais douée, à l'époque.

Pourquoi tu dis toujours *j'étais* ?

Je dis ça ?

Je *faisais* ci, je *faisais* ça… tu n'es plus dans la police ?

Et comment que je le suis, mais il y a longtemps que je ne fais plus rien de bien.

Qui l'a dit ?

Moi, je le dis.

Pourquoi ?

Excuse-moi un instant… 3471, inspecteur Pearson… Oui, le gamin est avec moi… Je sais… Je le sais très bien… Ce n'était pas une bonne idée… Je sais quels étaient les ordres, mais ce n'était pas une bonne idée, tu trouves que c'est une bonne idée d'enfermer un gamin toute la nuit dans un hôtel dégueulasse après ce qui lui est arrivé ? Tu appelles ça une bonne idée, toi ?… Je sais… Ben, tu veux que je te dise où tu peux te la mettre ta procédure ?… Mais faites ce que vous voulez, je m'en cogne… Il est là avec moi, je te l'ai dit… Non, je ne te le dirai pas, mais c'est un bon endroit pour lui… Rédige tous les rapports que tu veux, j'en rédigerai un moi aussi… mais quel enlèvement, qu'est-ce que tu racontes, je l'ai juste emmené faire un tour… Non, je ne ferai pas marche arrière, arrêtons là… Fais ce que tu veux… Je m'en cogne… Va te faire foutre, Stoner, terminé.

Excuse-moi, jeune homme.

Pas grave.

Excuse-moi pour les grossièretés.

Pas grave.

Ils ne peuvent rien me faire.

Ah non ?

Encore quatre jours et je raccroche. Je rends mon insigne et prends ma retraite. Ils ne peuvent rien me faire. Si ça se trouve tu es ma dernière mission, et je veux la mener correctement, à ma façon.

Les policiers prennent leur retraite ?

Quand ils ne se font pas refroidir avant.

Refroidir ?

Tuer.

Ah.

On va faire une chose, appuie sur ce bouton, le premier à gauche, et éteins cette radio. Comme ça, ils ne nous casseront plus les pieds.

Celui-là ?

Oui. C'est bien.

Tu as la sirène aussi ?

Oui, mais elle est cassée. Le gyrophare marche, si tu veux.

La lumière bleue qui tourne sur le toit ?

Oui. Il doit être sous le siège. Avec les canettes.

J'aimerais bien le mettre.

Vas-y. Attrape-le.

C'est ça ?

Baisse ta vitre et pose-le sur le toit.

Il ne va pas s'envoler ?

J'espère que non. Normalement, il est aimanté. Mais cela fait longtemps que je ne l'ai pas utilisé.

Voilà.

Remonte-moi vite cette vitre, il fait un froid de canard. OK, maintenant on allume. Parfait. La classe, non ?

C'est vraiment la lumière de la police.

Ça te plaît ?

Je ne sais pas.

Quelque chose ne va pas ?

Il y avait plein de lumières comme ça, devant la maison.

Si tu veux on l'enlève.

Je ne sais pas.

Ça ne te plaît pas, jeune homme, on l'enlève.

Il y avait la grande lumière du feu et après toutes ces lumières-là sont arrivées.

Enlève-le, allez.

Désolé.

Pourquoi ? Ce sont des lumières horribles, tu as raison.

Je le mets où ?

Jette-le par là, mais remonte vite cette vitre.

Il y avait tous ces visages que je n'avais

jamais vus, ils étaient tous éclairés par cette lumière bleue qui tournait. Et puis il y avait cette odeur.

Parlons d'autre chose, va.

Non.

On en parlera un peu quand on sera arrivés, si tu veux.

Non, maintenant.

Je ne suis pas sûre que ce soit une bonne idée.

C'est quelqu'un qui a mis le feu ?

On ne sait pas.

Une maison ne brûle pas toute seule.

Cela peut arriver. Un court-circuit, un radiateur électrique laissé allumé.

Quelqu'un a mis le feu. Ce sont les amis de mon père ?

Je ne sais pas. Mais si c'est ça, on le découvrira.

Tu le découvriras toi ?

Je vais prendre ma retraite, Malcolm. C'est ce connard de Stoner qui s'en chargera. Il est con, mais efficace.

Tu dois lui dire qu'elle n'a pas brûlé toute seule, notre maison.

D'accord.

Ce sont eux qui l'ont brûlée.

D'accord.

Tout à coup le feu a surgi de partout. Je l'ai vu.

D'accord.

Mes parents étaient en train de se disputer. Quand ils se disputent, je sors.

Oui, c'est un bon truc, je l'utilisais moi aussi.

Je sautais les trottoirs, avec mon vélo, devant la maison. Puis le feu a surgi. J'ai laissé mon vélo et me suis approché. J'ai regardé à travers la grande fenêtre…

…

…

…

La chose étrange était qu'ils ne fuyaient pas.

Qui ?

Mon père et ma mère. Ils ne faisaient rien pour fuir. Mon père était assis à son bureau, avec sa bouteille de vin, et son revolver posé juste à côté, comme toujours. Ma mère avait quitté la cuisine et se tenait debout devant lui. Ils criaient. Mais ils ne…

OK, maintenant parlons d'autre chose Malcolm.

Non.

Malcolm…

Ils criaient *l'un contre l'autre*. Ils se criaient dessus. Et pendant ce temps tout brûlait.

OK.

Ils ne seraient pas morts si au lieu de se crier dessus ils avaient pris la fuite. Pourquoi ils ne l'ont pas fait ?

Je ne sais pas, Malcolm.

C'est pour ça que je ne pouvais pas bouger. Je les regardais. Je ne pouvais pas bouger. Tout est devenu brûlant, alors j'ai commencé à reculer. Je m'arrêtais là où ça ne brûlait plus. Mais je ne pouvais pas m'empêcher de regarder.

Attrape-moi une canette, Malcolm.

Attends. On va me demander pourquoi je ne suis pas rentré pour les sauver ?

Non, on ne te le demandera pas.

Dis-leur que c'est parce que je voyais tout ça.

D'accord.

Mon père non, mais ma mère je l'ai vue brûler comme une torche, à un moment donné elle a pris feu, et même là elle ne s'est pas mise à courir, elle brûlait comme une torche.

Alors la femme détacha une main du volant et la posa sur une des mains du garçon. Elle serra fort. Elle ralentit un peu parce qu'elle conduisait rarement et manquait d'assurance, elle n'aimait pas conduire d'une seule main. Dans le noir, sur cette route au milieu de nulle part. Toutefois elle garda sa main serrée sur celle du garçon, en veillant à ne pas faire d'écart – elle voulait lui dire d'arrêter mais aussi que, s'il avait envie de continuer, elle lui tiendrait la main. Il dit encore qu'à la fin il ne restait plus rien, de la maison, et il lui demanda comment c'était possible qu'il ne reste plus rien d'une maison, quand le feu s'en était emparé, dans la nuit noire. La femme savait que la réponse exacte était qu'un tas de choses, de cette maison, resteraient pour toujours, et qu'il lui faudrait une vie pour se l'enlever de la tête, mais au lieu de cela elle répondit que oui, c'était possible, qu'une maison en bois pouvait être réduite en cendres, aussi étrange que cela puisse paraître, si un jour le feu décidait de la dévorer, en allumant la cheminée dans le salon de la nuit. Tout fumait, dit-il. Ça va fumer encore pendant très longtemps, pensa-t-elle. Puis elle se demanda si on avait une chance, une seule, de pouvoir regarder à nouveau loin devant soi quand on a tous en permanence sous les yeux quelques ruines fumantes, et ce garçon plus que n'importe qui d'autre. Je conduis comme un manche avec une seule main, lâcha-t-elle. Le garçon prit sa main et la reposa sur le volant. Ça va aller, dit-il. Puis ils restèrent longuement silencieux. Sur cette route qui filait vers l'est, sans jamais tourner, ou à peine, pour contourner un bois. Dans la lumière des phares elle se dévoilait peu à peu, comme un secret de moindre importance. De temps en temps ils croisaient d'autres voitures, sans jamais les regarder. Le petit prit une canette, l'ouvrit, la tendit à la femme, puis il se rappela sa difficulté à conduire d'une seule main, aussi il approcha la canette de ses lèvres et alors elle éclata de rire et dit que non, comme ça elle n'en était pas capable – elle n'était pas capable de faire un tas de choses de ce genre. Mais tu sais conduire la nuit, dit le petit. Cette fois oui, dit la femme.

Et c'est juste parce que c'est toi, ajouta-t-elle.

Merci.

Je le fais volontiers. Il y a bien longtemps que je n'ai pas fait une chose volontiers.

C'est vrai ?

Aussi volontiers, j'entends.

Tu es bizarre, tu ne ressembles pas aux autres policiers.

Pourquoi ?

Tu es grosse.

Le monde est plein de gros policiers.

Tu n'es pas habillée comme les policiers.

Non.

Et cette voiture est dégoûtante.

Eh, jeune homme, tu es en train de parler d'une Honda Civic propriété de la police de Birmingham.

À l'intérieur. Elle est dégoûtante à l'intérieur.

Ah, c'est ça.

Oui, c'est ça.

Ils les lavent, au commissariat, les voitures, tous les matins, mais pas la mienne, la mienne je ne veux pas.

Tu l'aimes comme ça.

Oui.

Il y a du pop-corn partout.

J'adore le pop-corn. Ce n'est pas facile à manger en conduisant.

Je comprends.

Et puis aujourd'hui tu me vois comme ça mais avant j'étais une bombe, tu sais ?

Je n'ai pas dit que tu étais moche.

En effet. Je suis très belle. Et je l'étais encore plus. Ce n'est pas pour dire, mais mes nichons sont célèbres dans tous les commissariats des Midlands.

Waouh !

Je plaisante.

Ah.

Mais sérieusement, j'étais une belle femme, une très belle jeune fille d'abord et ensuite une femme très attirante. Aujourd'hui ce n'est plus pareil.

C'est-à-dire ?

Je n'y attache plus d'importance.

Je ne te crois pas.

Je sais, on n'y croit pas tant que cela ne nous arrive pas. Comme beaucoup d'autres choses.

Tu as un mari ?

Non.

Des enfants ?

J'en ai plus ou moins un, mais je ne l'ai pas vu depuis des années. Je n'étais pas faite pour être mère. C'est comme ça.

Tu étais faite pour être flic.

Oui, pendant un temps.

Et ensuite tu es devenue grosse.

On peut le voir comme ça.

J'ai compris.

Je n'en suis pas si sûre, mais ce n'est pas grave.

Non, vraiment, j'ai compris.

Qu'est-ce que tu as compris ?

Tu es comme mes parents, quand le feu a surgi ils n'ont pas bougé. Pourquoi vous faites ça ?

Hé là, hé là, de quoi tu parles ?

Je ne sais pas.

Moi, jamais de la vie je serais restée à griller dans cette maison, tu peux me croire.

...

Excuse-moi, ce n'est pas ce que je voulais dire.

Pas de problème.

Je voulais dire que je me suis toujours enfuie quand la maison brûlait, je te le jure, je me suis enfuie plein de fois, je n'ai fait que m'enfuir. Ce n'est pas ça.

Alors c'est quoi ?

Eh bien, que de questions.

C'est juste pour savoir.

Trouve-moi des pop-corn, il doit y avoir un paquet sur la banquette arrière.

Là-derrière ?

Oui, par là. Un paquet familial déjà ouvert.

Je ne vois rien.

Regarde par terre, il est peut-être tombé.

Sous les sièges ?

Et ça, nom de Dieu, qu'est-ce que c'est ?

Mais elle ne parlait pas des pop-corn. Elle venait de découvrir, dans le miroir du rétroviseur, quelque chose qui ne lui plaisait pas. Nom de Dieu, dit-elle encore. Elle plissa les yeux, pour mieux voir. Il y avait un véhicule, au loin, derrière eux, et vu la lumière bleue, sur son toit, cela avait tout l'air d'un véhicule de police. Connard de Stoner, pensa la femme. Alors instinctivement elle appuya sur l'accélérateur et se courba un peu sur le volant, en murmurant quelque chose. Le jeune garçon se retourna et vit la voiture avec la lumière bleue, loin dans l'obscurité. Elle n'avait pas de sirène, juste cette lumière bleue. Il regarda la femme et la vit concentrée sur sa conduite, les mains serrées sur le volant. Elle scrutait la route avec ses paupières mi-closes, en jetant de temps en temps un coup d'œil dans le rétroviseur. Le garçon se tourna de nouveau et il lui sembla que la voiture, derrière eux, était plus proche. Ne te retourne pas, lui dit la femme, ça porte la poisse. Elle ajouta que quand on est poursuivi on ne doit pas s'occuper de celui qui nous poursuit, on doit se concentrer sur ses choix, garder sa lucidité, sans perdre de vue que c'est en donnant le maximum qu'on évite de se faire prendre. Elle parlait pour se détendre et parce que imperceptiblement elle avait commencé à ralentir, fatiguée. En revanche si c'est toi qui poursuis quelqu'un, il faut répéter tout ce qu'il fait, sans réfléchir, on perd du temps quand on réfléchit, il faut simplement répéter ce qu'il fait et, dès qu'il est à ta portée, te détacher de son cerveau pour prendre ta décision. Neuf fois sur dix, ça fonctionne, dit-elle. Si tu ne trimbales pas tes fesses dans un vieux tacot comme celui-là, évidemment. Elle regarda dans le rétroviseur et vit le véhicule de police filer droit sur eux, impassible, comme une bille vers son trou. Va savoir comment il m'a retrouvée, ce connard. Je te l'avais dit qu'il était efficace. Cache les canettes, dit-elle. Quelles canettes ? La bière, précisa-t-elle. Le garçon regarda autour de lui mais il n'y avait aucune canette. Elles devaient se balader sous les sièges, au milieu des pop-corn et de tous ces objets improbables comme la boîte d'emballage d'un sèche-cheveux, une affiche enroulée, des bottes de pêche. Pas de bière, affirma-t-il. Bien, dit la femme, puis elle ajouta que ce serait mieux qu'il incline son siège et fasse semblant de dormir. Elle pensait que cela dissuaderait Stoner de crier. Il était préférable qu'ils évitent de crier. En discutant calmement, elle parviendrait sans doute à le convaincre. Elle leva les yeux sur le rétroviseur et vit que la lumière bleue clignotait désormais à environ cinquante mètres d'eux. Je ne suis vraiment plus dans le coup, pensa-t-elle. Alors l'assaillit cette angoisse qui l'oppressait la nuit, durant ses heures sans sommeil, quand toutes les cartes de sa vie défilaient dans son esprit, et que sur chacune elle pouvait lire une fin rampante, inéluctable. Elle leva un peu le pied de l'accélérateur et la voiture derrière eux se rapprocha encore. Le garçon avait fermé les yeux, les éclairs bleus sous ses paupières, de plus en plus proches. Le véhicule de police mit son clignotant et se déporta lentement pour venir à leur hauteur. La femme savait qu'elle devait rester calme et réfléchit aux premiers mots qu'elle allait prononcer. Laisse-moi faire mon métier, elle dirait. Le véhicule arriva à leur hauteur, elle se tourna. Elle entrevit un visage qu'elle ne connaissait pas, un jeune policier. Il semblait assez mignon. Il la fixa un instant puis leva le pouce pour lui demander si tout allait bien. Elle sourit et fit le même geste. Le véhicule accéléra et quand il eut une vingtaine de mètres d'avance, il se rabattit. Alors il s'éloigna progressivement. La femme savait exactement ce qui était en train de se passer dans ce véhicule. Un des deux types disait quelque chose sur ces femmes étranges qui se promènent la nuit au volant d'une voiture. L'autre ne répondrait pas et cela signifiait qu'il ne s'arrêterait pas, il n'y avait aucune raison de s'arrêter. Si elle veut conduire la nuit, qu'elle le fasse, répondrait-il peut-être. Elle les vit s'éloigner et continua à conduire de la façon la plus disciplinée possible pour se faire oublier. Elle pensa être tirée d'affaire lorsqu'elle les vit disparaître derrière un des rares virages, alors elle serra ses mains sur le volant, parce qu'elle savait comment ça fonctionnait et n'aurait pas été surprise de les trouver en train de l'attendre, arrêtés sur le bord de la route à la sortie du virage. Elle jeta un coup d'œil au garçon. Il était immobile, les yeux fermés, la tête posée de côté sur le siège. Sans rien lui dire, elle amorça le virage. Allez, souffla-t-elle. Elle vit la route se dérouler dans l'obscurité et la lumière bleue clignoter au loin. Elle décéléra un peu et continua à conduire jusqu'à ce qu'elle découvre un petit renfoncement sur le côté de la route. Elle freina pour se garer et s'arrêta en laissant le moteur tourner. Ses doigts relâchèrent leur étreinte sur le volant. Putain de merde, pensa-t-elle. Et voilà ce foutu cœur qui s'emballe, tout m'effraie désormais. Elle laissa tomber son front sur le volant et se mit à pleurer, en silence. Le garçon ouvrit les yeux et la fixa, sans bouger. Il ne savait pas vraiment comment la poursuite s'était terminée. Il regarda la route mais il n'y avait plus d'éclairs bleus, alentour, l'obscurité initiale et rien d'autre. Pourtant cette femme pleurait, elle sanglotait même à présent, en tapant son front rythmiquement sur le volant, mais doucement, sans se faire mal. Cela dura un long moment et le petit n'osa pas intervenir, jusqu'à ce que d'un coup elle relève la tête, essuie ses yeux avec la manche de sa veste, se tourne vers lui et dise d'une voix plutôt enjouée J'en avais vraiment besoin. Le garçon sourit.

Il y a une chose que tu dois apprendre, Malcolm, c'est que… tu t'appelles Malcolm, pas vrai ?

Oui.

Bien, il y a une chose que tu dois savoir, Malcolm, c'est que quand on a besoin de pleurer il faut le faire, inutile de rester là à se poser mille questions.

Oui.

Après on se sent beaucoup mieux.

Oui.

Tu as un mouchoir ?

Non.

J'en avais un, quelque part… Tout va bien ?

Oui.

On peut repartir, qu'en penses-tu ?

C'est bon pour moi.

Pour moi aussi. Alors en route !

On sait où on va ?

Bien sûr.

Où ?

Tout droit, jusqu'à la mer.

On va *à la mer*?

J'ai un ami, là-bas. Tu y seras bien.

Je ne veux pas aller chez ton ami, je veux rester avec toi.

Il vaut beaucoup mieux que moi. Avec lui il ne peut rien t'arriver.

Pourquoi ?

Je ne sais pas pourquoi. C'est comme ça.

Il est vieux ?

Comme moi. Deux ans de plus. Mais il n'est pas vieux, c'est quelqu'un qui ne deviendra jamais vieux. Tu auras l'impression d'être avec un autre enfant, tu verras.

Je ne veux pas être avec un autre enfant. Je ne vais jamais avec les autres enfants.

Peu importe, je te dis que ça va bien se passer, tu me fais confiance ?

C'est qui ?

Un ami, je te l'ai dit.

Quel genre d'ami ?

Mince alors, que veux-tu savoir ?

Pourquoi lui ?

Parce que je ne connais que des endroits sordides, et chez lui en revanche c'est beau, et toi tu as besoin d'être dans un bel endroit.

C'est beau parce qu'il y a la mer ?

Non, c'est beau parce qu'il y est.

Qu'est-ce que ça veut dire ?

Oh, mon Dieu, ne me demande pas de tout t'expliquer, je n'en suis pas capable.

Essaie.

Mais je rêve !

Allez.

J'en sais rien, c'est le seul endroit qui m'est venu à l'esprit, tu étais sur ce lit horrible dans cette chambre glaciale et la seule chose qui m'est venue à l'esprit c'est qu'on ne pouvait pas te laisser là, alors je me suis demandé s'il y avait un endroit où t'emmener qui soit le plus beau du monde, et la vérité est que je ne m'y connais pas trop en endroits les plus beaux du monde, je n'en ai gardé aucun dans mes souvenirs, à part un, ou deux peut-être en comptant les jardins de Barrington Court, je ne sais pas si tu les as déjà vus, enfin à part ces jardins qui sont trop loin, je ne connais qu'un endroit susceptible d'être le plus beau du monde, j'y suis allée, et je sais donc que c'est le plus beau ; ainsi je me suis dit que je pourrais t'emmener là-bas à condition d'être capable de conduire plusieurs heures dans la nuit, chose que je déteste faire et qui m'angoisse rien que d'y penser, mais en te regardant un long moment chercher le sommeil j'ai décidé que j'en serais capable, et c'est pour cette raison que je t'ai réveillé et que je t'ai fait monter dans cette voiture, décidée à te conduire jusqu'à lui, parce que les choses autour de lui et la manière qu'il a de les toucher ou d'en parler forment l'endroit le plus beau du monde, le seul à mes yeux. Tu veux que je répète en mettant les phrases dans l'ordre ?

Non, j'ai compris.

Bien.

Si c'est si beau, pourquoi tu ne vis pas là-bas ?

Et voilà, c'est reparti pour l'interrogatoire. Tu ferais une belle carrière dans la police, tu sais ?

Dis-moi encore juste ça. Pourquoi tu ne vis pas là-bas, s'il est… si c'est si beau ?

C'est une histoire de grands, laisse tomber.

Raconte-moi juste le début.

Le début ? Le début de quoi ?

Le début de l'histoire.

Quel phénomène tu es !

S'il te plaît.

Mais il n'y a rien à raconter, c'est le scénario habituel, il est l'homme de ma vie et je suis la femme de sa vie, seulement nous n'avons jamais réussi à vivre ensemble, ça te va ?

Merci.

Du reste il n'est pas dit que si on aime vraiment quelqu'un, vraiment fort, la meilleure chose à faire soit de *vivre ensemble.*

Non ?

Ce n'est pas dit.

Ah.

Je t'avais prévenu, c'est une histoire de grandes personnes.

Oui, tu m'avais prévenu.

Il va te plaire. Lui. Il va te plaire.

Peut-être.

Tu vas voir.

Que fait-il ?

Des bateaux. Des petits bateaux en bois. Il les fabrique un par un, il ne pense qu'à ses bateaux. Ils sont beaux.

C'est vraiment lui qui les fabrique ?

De la proue à la poupe, il fait tout lui-même.

Et après ?

Il les vend. Parfois il les offre. Il est un peu fou.

Il t'en a offert un, à toi ?

À moi ? Non. Mais une fois, il en a fait un avec mon nom dessus. Il l'avait écrit à onze endroits secrets, et personne n'en saura jamais rien, à part moi.

Et moi.

Et toi, maintenant.

C'est beau.

Il me l'avait promis, et il l'a fait.

C'est beau.

Oui. Mon Dieu, parfois je me dis qu'il doit appartenir à je ne sais quel couillon maintenant, ce bateau, et du coup je ne suis plus très sûre que ce soit une si belle histoire.

Tu ne sais pas où il est, ton bateau.

Non.

Demande à ton ami.

À lui ?

Oui.

Surtout pas. Je ne veux rien savoir, de lui et de ses bateaux, moins j'en sais, mieux je me porte.

Je lui demanderai moi, alors.

N'y pense même pas.

Tu lui as dit ce qui m'était arrivé ?

À lui ? Non.

Il ne sait rien ?

En réalité, il ne sait même pas que nous sommes sur le point de débarquer chez lui.

Tu ne lui as rien dit.

Non. Je n'avais pas envie de lui téléphoner. Cela fait un bout de temps que je ne l'ai pas eu au téléphone.

Mais attends…

Pour être franche cela fait un bout de temps que je ne le vois plus du tout.

Combien de temps ?

Je ne sais pas. Deux, trois ans. Je ne suis pas très douée avec les dates.

Deux ou trois ans ?

Plus ou moins.

Et tu ne l'as même pas prévenu de ton arrivée ?

Je ne le fais jamais. J'arrive là-bas et je sonne, chaque fois que j'y suis allée j'ai débarqué et j'ai sonné. Lui aussi, une fois, il est venu chez moi et a sonné. On n'aime pas se téléphoner.

Si ça trouve, il n'est même pas là.

C'est possible.

Et nous, on fait quoi s'il n'est pas là ?

Regarde-moi cette merveille.

Quoi ?

La lumière, là-bas. C'est l'aube, cette lumière.

L'aube.

Exactement. On a réussi, jeune homme.

Et en effet à l'horizon était apparue une lumière cristalline qui rallumait les choses et relançait la course du temps. C'était sans doute le reflet de la mer, au loin, mais il y avait quelque chose de métallique dans l'air que toutes les aubes n'ont pas, alors la femme pensa que cela l'aiderait à rester lucide, et calme. Inutile de le dire au petit mais, en effet, elle éprouvait une certaine crainte à retourner là-bas, après tout ce temps. En outre elle savait qu'elle n'avait pas d'autre plan, si celui-ci était amené à échouer, chose qui pouvait très bien arriver. Peut-être qu'il n'était pas là.

Peut-être qu'il était avec une autre femme, ou avec Dieu sait qui. Ce projet pouvait déraper de mille façons. Toutefois elle avait imaginé comment il pouvait au contraire parfaitement réussir, et elle savait que dans ce cas elle n'aurait rien pu trouver de mieux pour ce garçon, là-dessus elle n'avait aucun doute. Il s'agissait simplement de rester optimistes. Cette lumière l'aidait. Ainsi elle se mit à rire, avec le garçon, en évoquant quelques souvenirs d'enfance. Ils finirent même, au bout d'un moment, par retrouver les pop-corn. Conduire devenait plus facile maintenant, et le fait d'être au volant depuis plusieurs heures ne lui pesait plus. Ils croisèrent le panneau d'entrée de la ville presque sans s'en apercevoir. La femme arrêta la voiture et descendit se dégourdir un peu les jambes. Le garçon descendit aussi. Il dit que la ville avait un joli nom. Puis il dit qu'il devait faire pipi et s'éloigna dans les prés. La femme le vit tout petit, au milieu de cet horizon d'herbe et de maisons lointaines, elle sentit son cœur se serrer sans comprendre, tellement il était difficile de distinguer la saveur du regret de la douce sensation d'avoir fait quelque chose de bien. Au fond tu n'es peut-être pas la bonne à rien que tu crois, se dit-elle. Et elle repensa brièvement à cette audace flamboyante qu'elle avait jeune fille, alors qu'elle se savait ni meilleure ni pire que les autres, juste différente, d'une manière précieuse et inévitable. C'était quand tout lui faisait peur, mais qu'elle n'avait encore peur de rien. Maintenant que beaucoup de temps avait passé, une sorte de lassitude inquiète avait un peu tout entamé, et la netteté de ce sentiment était devenue bien rare. Elle la retrouva sur le bord de la route, devant un panneau qui énonçait un nom, ce nom, et elle désira vivement qu'elle ne disparaisse pas tout de suite. Elle désira de toutes ses forces que ce sentiment l'accompagne jusque devant cet homme, car l'homme le lirait alors dans ses yeux et une fois encore il mesurerait combien elle était unique, belle, inimitable. Elle se tourna parce que le garçon lui criait quelque chose. Elle ne comprenait pas, alors il lui indiqua l'horizon et en regardant bien elle vit un camion, qui se découpait dans les lueurs métalliques de l'aube ; il transportait un bateau, à travers champs, un bateau blanc et grand qui semblait tenir un cap absurde au milieu des épis de maïs, avec ses voiles baissées et son gouvernail tourné vers les collines. En route, lança-t-elle. Elle regarda l'heure et se dit qu'il était peut-être un peu tôt pour se pointer là-bas, à l'improviste, mais quand le petit arriva elle monta dans la voiture et démarra parce qu'elle était portée par une force inouïe et ne savait pas combien de temps cela durerait. Tant pis s'ils le réveillaient, pensa-t-elle, il n'était pas du genre à se fâcher pour ça. Et tant pis si elle le trouvait avec une femme, à ce moment-là il lui sembla que cela ne lui aurait pas fait grand-chose. Voilà comment elle était, il y a très longtemps, jeune fille.

Ils traversèrent le centre de la petite ville et prirent un chemin de terre qui menait à la mer. Ils débouchèrent sur un terrain vague entouré de maisons basses colorées, et s'aventurèrent lentement au milieu de carcasses de bateaux et de moteurs. Ils s'arrêtèrent devant une maison de plain-pied, rouge et blanche. La femme coupa le contact. Allons-y, dit-elle. Mais elle ne bougea pas. Le petit la regardait sans trop savoir quoi faire. Elle ébouriffa ses cheveux noirs d'une caresse et lui dit que tout irait bien. Elle s'adressait à elle-même, et le garçon le comprit. Oui, confirma-t-il.

À côté de la porte il y avait une petite cloche en bronze, de celles qu'on trouve habituellement sur les bateaux, alors la femme tira sur la chaînette et la fit tinter, plusieurs fois. Elle avait un joli son, cristallin. Pendant un moment rien ne se produisit, puis la porte s'ouvrit.

L'homme était en caleçon et tee-shirt, pieds nus. Quelques cheveux gris et désordonnés sur la tête.

Salut Jonathan, lança la femme.

Toi, dit simplement l'homme, comme s'il répondait à une question. Puis il se tourna pour regarder le garçon. Il le fit en plissant légèrement les yeux parce qu'il ne s'était pas encore habitué à la lumière du matin.

Lui, c'est Malcolm, dit la femme.

L'homme resta un instant à l'étudier. Puis il regarda à nouveau la femme.

Il est de moi ?

La femme ne comprit pas tout de suite.

Est-ce que par hasard c'est un enfant de moi ? reprit l'homme, tranquille.

La femme éclata de rire.

Tu déconnes ou quoi, c'est un enfant point, tu crois que j'aurais pu avoir un enfant de toi et te le cacher pendant treize ans ?

Tu en es tout à fait capable, dit l'homme, toujours tranquille. Puis il fit un pas vers le garçon et lui tendit la main. Salut Mark. Tu es un peu jeune pour te promener avec d'aussi jolies femmes. Fais attention.

Malcolm, pas Mark, dit la femme.

Puis ils entrèrent dans la maison et l'homme prépara un petit déjeuner. Il y avait une seule grande pièce, remplie d'objets, qui faisait office de cuisine et de salon. Quelque part, on se demandait où, il devait y avoir une chambre à coucher. La femme savait où se trouvaient les choses, et commença à mettre la table. C'était exactement ce qu'elle avait imaginé, offrir à ce garçon un petit déjeuner sur une table bien dressée. En même temps elle raconta un peu leur histoire, mais pas tout. L'homme écoutait sans l'interrompre en confiant des tâches au garçon, comme s'ils n'étaient pas en train de parler de lui. Il faudrait que tu le gardes quelques jours ici, conclut la femme, juste le temps que son oncle arrive du Nord. Quelques jours, répéta-t-elle. Bien sûr, dit l'homme. Il flottait un délicieux parfum de pain perdu.

Quand ils eurent mangé et tout débarrassé la femme dit qu'elle devait vraiment partir. Elle alla chercher les affaires du garçon dans la voiture, son blouson plus d'autres choses, et revint poser le tout sur le canapé, dans la maison. Elle lui serra simplement la main, au garçon, parce qu'elle était flic, puis elle formula quelques recommandations qui le firent sourire. Enfin elle désigna l'homme d'un petit signe de tête.

Essaie de jeter un œil sur lui, de temps en temps, dit-elle à voix basse. Ce type est capable de provoquer des catastrophes que tu n'imagines même pas.

Avec l'homme ils se saluèrent sans rien dire, d'un baiser sur les lèvres. À peine un peu long – et les yeux fermés, lui.

Elle monta dans la voiture, en balayant de la main, d'abord, les pop-corn qui traînaient sur le siège. Elle boucla sa ceinture de sécurité mais elle resta là, sans allumer le moteur. Elle regardait cette maison, devant elle, et pensait à la mystérieuse permanence des choses dans le tourbillon incessant de la vie. Elle pensait que chaque fois, en vivant avec elles, on finissait par laisser sur ces choses comme une légère couche de peinture, la couleur de certaines émotions destinées à s'estomper, sous le soleil, en souvenirs. Elle pensait aussi qu'elle allait devoir prendre de l'essence et que refaire toute cette route, seule, serait d'un ennui mortel. Au moins il ne fait pas nuit, se dit-elle. Puis elle vit la porte de la maison s'ouvrir et l'homme sortir, toujours pieds nus et en tee-shirt, pour venir à pas lents vers elle. Il s'arrêta devant sa portière. La femme tourna la clé dans le contact et fit descendre sa vitre, mais pas complètement. Il posa une main dessus.

Le vent est bon, lança-t-il. On pourrait peut-être sortir dans la baie.

La femme ne dit rien. Elle gardait les yeux fixés sur la maison.

Pars ce soir, qu'est-ce que ça change, continua l'homme.

Alors la femme se tourna vers lui et vit ce visage qu'elle avait vu tant de fois, les dents de travers, les yeux clairs, les lèvres d'enfant, ces cheveux ébouriffés. Elle mit un peu de temps avant de dire quelque chose. Elle pensait à la mystérieuse permanence de l'amour, dans le tourbillon incessant de la vie.

Composition : IGS-CP à L'Isle-d'Espagnac (16)
Achevé d'imprimer en février 2015
par Normandie Roto Impression s.a.s.
61250 Lonrai
Dépôt légal : février 2015
Numéro d'imprimeur : 1500432

ISBN : 978-2-07-014237-8/Imprimé en France

254860